Flag 4.
でも、わたしたち親友だよね？
上
友情は
する？
いや、しないっ!!
七菜なな
イラスト／Parum
デザイン／伸童舎

高二の夏なんだし、やっぱり海は外せないよな――！
犬塚日葵
Himari Inuzuka
夏目咲良
Sakura Natsume
榎本紅葉
Kureha Enomoto

夏目悠宇
Yu Natsume
真木島慎司
Shinji Makishima
犬塚雲雀
Hibari Inuzuka
榎本凛音
Rion Enomoto

やってきました東京！
「榎本さんが悪い子になってしまった……」
「最初からいい子じゃないも〜ん」
「ゆーくん。やろ〜く

二人だけの夏の思い出、
たくさん作ろうね
『わかった。親友で我慢する』
『ええ。まさかのノリノリ……』
「この旅行中は、絶対に親友」

「……あの植物園のこと、今でも思い出せるよ」
立ち止まって、振り返る。
榎本さんの表情が、すごく真剣だった。
そのまっすぐな美しさに見惚れて……つい足を止めてしまう。

contents

七菜なな
イラスト／Parum
Flag 4.
でも、わたしたち
親友
だよね？上
男女の友情は
成立する？
いや、しないっ!!

Prologue

凛音リターンズ

どうも。真木島慎司《まきしましんじ》だ。

八月の中旬《ちゅうじゅん》。紅葉《くれは》さんによる、日葵《ひまり》ちゃんスカウト事件から一夜が明けた。

無事に事件は丸く収まり、オレたちの高校二年の夏が終わるわけだが……まあ、密度の濃《こ》い夏休みだったと言えよう。

前半は部活動に打ち込み、後半は友人たちの色恋沙汰《いろこいざた》におけるトラブルが勃発《ぼっぱつ》。なかなか飽《あ》きない展開であった。まさに青春という感じで、悪くない。

ナツと日葵《ひまり》ちゃんの痴話喧嘩《ちわげんか》も、とりあえずは決着を見た。

勝手にトラブった挙句《あげく》、勝手に破滅《はめつ》しかけたコンビだが（何度目だ？）、最終的にはオレのおかげで大団円《だいだんえん》というところであろう。

この影《かげ》の主役たるオレへ、喝采《かっさい》の声が聞こえてくるようだ。そのせいであの憎《にく》き完璧超人《かんぺきちょうじん》に借りを作ることにはなったが……まあ、それも悪くなかろう。青春に完璧《かんぺき》は似合わない。

さて。そんな感じで、勝手にエピローグ気分に浸《ひた》っていた昼下がり。

オレは突然《とつぜん》、幼なじみであるリンちゃんに電話で叩《たた》き起《お》こされた。どうやら、すぐにリンちゃんの家にこいということらしい。

「……もしや、また慰《なぐさ》めパーティか？」

以前、ナツが日葵《ひまり》ちゃんといい感じになったときにも同じことがあった。オレは甘いものが嫌《きら》いだと言っているのに、アホみたいにケーキや焼《や》き菓子《がし》を食わされたのだ。またあの地獄があるとなると、さすがに気が重い。せっかく体重を戻《もど》したばかりなのに……。

うちの寺の裏側にある、小綺麗《こぎれい》な洋菓子店《ようがしてん》。まるで童話に出てくるリスの住処《すみか》のような外観だが、裏手に広がる墓地のせいでえらく刺激的《しげきてき》な雰囲気《ふんいき》を放っている。

改築してからは何気に初めて邪魔《じゃま》するのだが、その二階にリンちゃんの部屋があった。

オレは部屋のドアの前で、陰鬱《いんうつ》な気持ちになっていた。

昨日の一件で、ナツと日葵《ひまり》ちゃんの仲はさらに進んだ。

メンタルお化けのリンちゃんと言えど、さすがに落ち込んでいるはずだ。自分で招いた結果でも、気持ちとして納得《なっとく》できるかは別であろう。

さっき横を通った厨房《ちゅうぼう》から、香《こう》ばしい菓子《かし》の匂いが漂《ただよ》っていた。この洋菓子店《ようがしてん》は、その日に売る商品は午前中に用意してしまうスタイル。つまり午後に作る菓子《かし》は、プライベートなものということだ。

やはり、あの四月の慰《なぐさ》めパーティの再来か……いや、言うまい。一応、オレも自ら噛《か》みにいった案件だ。その後始末も仕事のうちであろう。

今のオレのカノジョも甘いもの好きだったはずだ。助《すけ》っ人《と》に呼び出すか？

そんなことを考えながら、ドアをノックする。……返事はない。

人を呼び出しておいて留守とは。最近、チチだけではなく態度もでかくなったものだ。あの小学校のときの気弱なリンちゃんはもはやこの世にいない。

まあ、いい。おばさんが「勝手に入っていい」と言ったし、勝手に邪魔《じゃま》するとしよう。どうせ見られて困るものなどないはずだ。まあ、いつかナツを招くときのために、壁《かべ》のプロレスラーのポスターは剝《は》がしておいたほうがいいとは思うがな。

ドアを開けて、部屋に入った。

「邪魔《じゃま》するぞ……あん？」

部屋は薄暗《うすぐら》かった。

カーテンが閉まっているのだ。室内の日焼けを防止するため……いや、違《ちが》う。ベッド脇《わき》に何か大きなものが転がっている。オレは一瞬《いっしゅん》、目を疑った。

鎖《くさり》で縛《しば》られた紅葉《くれは》さんが転がっていたのだ。

「うわあああああああああああああああああああああああああっ!?」

さすがのオレも、度肝《どぎも》を抜《ぬ》かれて悲鳴を上げた。

思わず尻《しり》もちをついた。その拍子《ひょうし》に、土産《みやげ》に持ってきた高級な紅茶セットの箱を尻《しり》に敷《し》いてしまう。

その悲鳴に目を覚ました紅葉《くれは》さんが、懇願《こんがん》するように「ん〜！　んん〜！」とうめき声を上げる。口はガムテープで封じられていた。

（な、何だこの状況《じょうきょう》は……？）

薄暗《うすぐら》い部屋。身動きの取れない美人モデル。その周囲に並べられた……なんだコレは？　ケーキのクリームがついた皿が十数枚？

何かの犯行現場だろうか？

いや、リンちゃんに限ってそれはなかろう。極《きわ》めてグレーなことなら平然とやるが、ブラックなことは一切《いっさい》しない。そういう白黒のラインがはっきりしているのがリンちゃんだ。

となれば、これはリンちゃんなりの戯れつきか。

「紅葉《くれは》さん。よくわからんが、榎本《えのもと》姉妹《しまい》のコミュニケーションは過激だなァ？」

「ん〜！　ん〜⁉」

「ナハハ。冗談《じょうだん》だ。だが、そもそも紅葉《くれは》さんが幼いリンちゃんの相手をしてやらんかったのが悪いのではないか？　そのせいであの子は、大好きな姉との距離《きょり》の測り方がバグってしまったのだぞ？」

「んん〜……」

紅葉《くれは》さんが恨《うら》めし気な視線を送ってくる。

……どうやら、本気で鎖《くさり》を抜《ぬ》けられんらしいなァ。紅葉《くれは》さんは口先において魔王《まおう》だが、割と物理攻撃《こうげき》に弱い。だからリンちゃんが本気になれば、一気に立場は逆転する。

哀《あわ》れだとは思うが、オレが助けることはない。あれだけおちょくられた相手の無防備な姿を揚々《ようよう》と眺《なが》めるのも悪くないからな。

椅子《いす》に座って扇子《せんす》でパタパタ扇《あお》いでいると、ドアが開いた。


ホールケーキの皿を両手に持つリンちゃんが、ドンッと仁王立《におうだ》ちしていた。

部屋に踏《ふ》み込んでくると、紅葉《くれは》さんをじろっと見下ろす。まるで森の魔女《まじょ》のような禍々《まがまが》しい圧を放ちながら、紅葉《くれは》さんの口元のテープを剝《は》がした。

「さあ、お姉ちゃん？　もっと美味《おい》しいケーキ食べようねぇぇ……」

「凛音《りおん》！　これ以上は食べられないってば～っ⁉」

「ダメだよ。お姉ちゃんには、ゆーくんたちの邪魔《じゃま》した罰《ばつ》を受けてもらうんだから。ほぉら、ミルクとお砂糖たっぷりのカロリーノン配慮《はいりょ》ケーキでぽっちゃり美人になろうねぇえ？」

「わあ～んっ！　お仕事なくなっちゃうからやめて～っ‼」

……なんだこの茶番は？

ケーキのスプーンを紅葉《くれは》さんの口元にぐいぐい押し付けるリンちゃん。オレはそれを、ため息とともに止めた。

「リンちゃん。そのくらいにしてあげたまえ。罰《ばつ》を与《あた》えると言うなら、感情に任せた報復よりもこちらの手駒《てごま》として使って利益を回収するほうがよい」

リンちゃんはスプーンを止めると、椅子《いす》でくつろぐオレを見て眉《まゆ》を顰《ひそ》める。

「しーくん。女子の部屋に勝手に入るのよくないと思う」

「そっちが呼び出したのだし、そもそも自室に姉を監禁《かんきん》する女に言われたくはない……」

リンちゃんはツンとした顔で、オレを無視する。まったく、相変わらずナツのいない場所では愛想《あいそ》が悪いものだ。

「で、オレを呼び出した理由はなんだ？　まさか、ぽっちゃり紅葉《くれは》さんの死体を埋めるのを手伝えというわけではなかろう？」

「そんなわけないじゃん。しーくん、ときどきバカっぽいこと言うよね」

……怒《おこ》らなかったオレ、非常に偉《えら》いぞ。

「ならば、なんだ？　さっさと用件を言いたまえ。これでも夏休みの宿題をしなきゃならんのでな」

「しーくんなら三日で終わるよ。それより、大事な話があるの」

「この惨状《さんじょう》を見た後では聞きたくないが……まあ、よい。言いたまえ」

リンちゃんは、クリアファイルを手にしている。

それには書類が挟《はさ》んであった。それを一枚ずつ取り出すと、オレと紅葉《くれは》さんに差し出す。紅《くれ》葉《は》さんは両手がふさがっているので、見える位置に置いてやる。

それにさっと目を通して、オレは眉間《みけん》を押さえる。ここに呼び出された理由を察して、頭が痛くなるような気がした。

「……リンちゃん。これはなんだ？」

「さっきコンビニで印刷してきた」

「いや、この怪文書《かいぶんしょ》の出自《しゅつじ》を問うておるのではない。これに記載《きさい》されている内容は正気かと確認《かくにん》しておるのだ」

リンちゃんはフンスと得意げに鼻を鳴らした。

……なぜこんなに自信満々なのか。そうなると、この次にくる言葉も予想はできる。

「わたし、この夏でゆーくんとすごくイチャイチャする予定だったの。だって高二の夏休みだし。来年は受験だから、たぶん夏休みも勉強でしょ？」

「…………」

ああ、そうだな。

そんな相槌《あいづち》すらも出てこなかった。もう一度、その書類に目を落とす。同時にリンちゃんは力強く言い放った。

「ゆーくんと海に行きたい」

「知っている。これに書いてある」

「ゆーくんとショッピングに行きたい」

「知っている。これに書いてある」

「ゆーくんと美味《おい》しいもの食べに行きたい」

「知っている。これに書いてある」

「あと、ゆーくんとキス、とかしたいです……えへ」

「……これには書いていないが、その気持ちは溢《あふ》れておるな」

てれてれと頬《ほお》を染める絶世の美少女。

本来なら眼福《がんぷく》ものだが、オレの目には、まるで景色がセピア色に染まったかのように感じる。

こんな幼なじみの姿など、見たくはなかった。……いや、言うまい。この数か月、オレも調子に乗ってリンちゃんを焚《た》き付《つ》けていた。その結果がこの恋愛《れんあい》モンスターだ。

一転、リンちゃんはスン……と真面目な顔でオレに向く。

「まだ二週間あるし、間に合うよね？」

「……そうだな。あと15日あれば、最低でも15回はデートできる。余裕《よゆう》であろう」

日数としては問題ない。

物理攻撃《こうげき》特化のリンちゃんなら、その気になれば本気で実行できるだろう。それこそ夏休みの宿題をしようと、勉強会名目で夏目家《なつめけ》に入《い》り浸《びた》ることは造作《ぞうさ》もない。

ただ、それには口先の壁《かべ》が残っている。

「リンちゃん。自分がしでかしたことを忘れたか？　少なくとも今は、ナツは日葵《ひまり》ちゃんのものだ。それなのに、リンちゃんがナツを独占《どくせん》することはできまい？」

「…………」

リンちゃんはきょとんとした。

「え？　なんで？」

「いやいや、さすがに今のナツとこれまで通りにイチャつくのは……」

「でも、わたしたち親友だよね？」

「…………」

ははーん？

オレは扇子《せんす》をパチンと鳴らす。

ようやく合点《がてん》がいった。

この女、さては自重《じちょう》する気ないな？

なるほど、確かに理屈《りくつ》としては通っている。日葵《ひまり》ちゃんが親友としてギリギリのラインでイチャついてたわけなのだから、自分も親友としてイチャつくのは問題ないということか。どうりで、ナツと日葵《ひまり》ちゃんの仲を手助けするのも躊躇《ちゅうちょ》ないはずだ。

あの二人のこれまでの親友としての過去《くろれきし》が、今後のリンちゃんの免罪符《めんざいふ》になる。

……面白《おもしろ》い。

これでしばらくナツと日葵《ひまり》ちゃんは落ち着くかと思ったが、そうでもないようだ。おかげでまたいい暇《ひま》つぶしができそうだな。

「よかろう。オレもあの完璧超人《かんぺきちょうじん》にどうやって一泡《ひとあわ》吹《ふ》かせるか悩《なや》んでいたところだ。お望み通り、今回もリンちゃんを手助けしてやろう」

「しーくんなら、そう言うと思った」

ぐっと親指を立て合う。

そのまま、オレは紅葉《くれは》さんに目を向けた。

「で？　この紅葉《くれは》さんはどうするつもりなのだ？」

「お姉ちゃんにも、夏休み半分溶《と》かした責任取ってもらうから。この人が馬鹿なこと言い出さなきゃ、もっとゆーくんと遊べたんだし」

じろっと紅葉《くれは》さんを睨《にら》む。

紅葉《くれは》さんがヒッと身震《みぶる》いした。ホールケーキの拷問《ごうもん》は効果が抜群《ばつぐん》だ。……この人は仕事に命を懸《か》けておるからなァ。

「お姉ちゃんも協力して。いいよね？」

「……わ、わかったってば～」

紅葉《くれは》さんは不満そうに了承《りょうしょう》する。自分が主導権を取るためには雲雀《ひばり》さんですら殺す女も、妹には形無しだな。

「さーて。それでは反撃《はんげき》の狼煙《のろし》だな。気取られないようにプランを練らなければ。日葵《ひまり》ちゃんや完璧超人《かんぺきちょうじん》の妨害《ぼうがい》に遭《あ》っては敵《かな》わん」

「しーくん、いきなり仕切り出さないで」

「冷たいことを言うな。頭を使うのはオレの仕事だ」

ま、その気になれば夏休みの宿題など一日で終わるからな。

オレたちの高二の夏は、もうちょっとだけ続きそうだ。

I

〝恋の喜び〟

♣♣♣

八月下旬《げじゅん》。

紅葉《くれは》さんについていこうとする日葵《ひまり》を引き留めた一件から、一週間が経《た》っていた。

その夕刻、俺はまだ日の高い国道を自転車で走っていた。

昼間よりほんのちょっとだけ暑さが和《やわ》らいだけど、それでも暑いものは暑い。西日が肌《はだ》を焼き、息が上がって汗《あせ》が噴《ふ》き出《だ》す。日葵《ひまり》との約束の時間に、微妙《びみょう》に遅《おく》れそうだった。

服選びに時間をかけすぎた。

せっかくだからと、何か普段《ふだん》と違《ちが》う服でも着ていこうと思った。

でも残念。俺の衣装《いしょう》ケースの中に、日葵《ひまり》の見たことない服はない。こんなことなら、何か特別なとき用の服とか持っておけばよかった。ここ一年アホみたいに背が伸《の》びてて、着られなくなるのも勿体《もったい》ないと普段《ふだん》使いのパーカーしか買っていなかった。

そして結局、いつも通りのパーカージーンズに落ち着くのだから笑えない。

（怒《おこ》ってっかなあ……）

日葵《ひまり》との待ち合わせで、こんな心配をすることはなかった。

てか、遅刻《ちこく》くらいで怒《おこ》るようなやつじゃないし。この焦《あせ》りは、どっちかっていうと自分に向けるものだった。

せめて今日くらいは、キチッと締《し》めたかった気分。

国道から市役所の方向に曲がって、旧道を走る。車道の両側に、特徴《とくちょう》的な幟《のぼり》が等間隔《とうかんかく》に立っていた。

それには地元の夏祭りの名称《めいしょう》が記されていた。祭り会場に向かう浴衣姿《ゆかたすがた》の女子たちを、ちらほらと目にするようになる。

浴衣《ゆかた》はいい。数ある服の中でも、花との相性《あいしょう》が特に抜群《ばつぐん》だ。髪《かみ》を上げてうなじのオプションがついた日には、もうそれだけで優勝まである。

日葵《ひまり》もきっと今日は……。

「んん？」

ふと追《お》い抜《ぬ》いた女子の集団に、プリザーブドフラワーの髪飾《かみかざ》りを付けた子がいたような気がする。もしかして、うちの学校の生徒？　いや、中学生のような感じもした……。

一瞬だったから、よく見えなかった。せめて花の種類だけでも……いや、やめよう。ここで引き返したら変態と間違われる。今の俺にはそれより大事なことがあった。

自転車をパーキングに停《と》めた。普段《ふだん》はコンビニに停《と》めさせてもらうんだけど、今日はさすがに迷惑《めいわく》だし。

タイヤにロックを掛《か》けて、近くのローソンに向かった。腕時計で時間をチェックすると、きっちり10分オーバー。何もきっちりしてないけど、そう言うと許される感じしない？

（それより、日葵《ひまり》はきてっかな……）

外から店内を覗《のぞ》くと、すぐに目的の人物を見つけた。

犬塚日葵《いぬづかひまり》。

マリンブルーの大きな瞳《ひとみ》を持つ、妖精《ようせい》のような美少女。あまりに可愛《かわい》すぎるがゆえ、うっかり東京の芸能事務所にスカウトされてしまうほどのヒロインっぷりを誇《ほこ》る。

俺の自作アクセサリーの専属モデルにして、一週間前からはちょっと特別な関係へとグレードアップした。ショートボブの髪《かみ》に編《あ》み込みなんか入れて、普段《ふだん》より可憐《かれん》さ３００％増しだった。

今日はふりふりのキャミソールに、デニムのショーパンという服装だ。浴衣《ゆかた》じゃないのかとちょっと残念な気分だったけど、よく考えたらこいつ家ではいつも浴衣姿《ゆかたすがた》だった。

日葵《ひまり》は雑誌コーナーで、お洒落《しゃれ》雑誌に目を落としている。俺は店内に入ると、すぐ日葵《ひまり》に声をかけた。

「日葵《ひまり》。ごめん、遅《おく》れ……た？」

途中《とちゅう》で言葉が途切《とぎ》れた。

理由は簡単だ。

……日葵《ひまり》がめちゃくちゃ機嫌《きげん》悪そうだったのだ。

じろっと俺を睨《にら》むと、そのまま無言でじ～～～っと威嚇《いかく》してくる。その圧は兄の雲雀《ひばり》さんにこそ劣《おと》るけど、俺を圧倒《あっとう》するには十分だ。

「あの、日葵《ひまり》さん？　俺、なんかしました？」

「……夏目悠宇《なつめゆう》くん。アタシとの約束、覚えてます？」

フルネーム＆敬語。

ひえっと身震《みぶる》いしながら、俺は思い当たる節を述べていく。

「約束、約束……えっと。ごめん、今日、ちょっと出かけるの手間取ってさ。連絡《れんらく》できなかったのは悪かったけど、マジで急いでて……」

「遅刻《ちこく》のことではないです。よく思い出してください」

おおっと。敬語がどんどん冷たくなっていく。

なんか英語のリスニングみたいな感じだ。俺は冷《ひ》や汗《あせ》をだらだらと流しながら、頭をフル回転させる。

そして思い至った。

「えーっと。一日一回、ラインする……やつ？」

「…………」

日葵《ひまり》のマリンブルーの瞳《ひとみ》が、ギラッと輝《かがや》く。

その瞬間《しゅんかん》、もぎゃああっと雄叫《おたけ》びを上げて襲《おそ》い掛《か》かってきた。

「一週間も音信不通とか何考えてんだこの不埒者《ふらちもの》ぉ―――ッ!!」

「しょうがないだろ!?　この一週間、咲姉《さくねえ》さんからスマホ没収《ぼっしゅう》されてたんだから！」

紅葉《くれは》さんとの勝負で負けたくせに日葵《ひまり》を引き留めたことは、咲姉《さくねえ》さんを怒《おこ》らせるのには十分だった。制裁として夏休みの間スマホを没収《ぼっしゅう》された挙句《あげく》、家のコンビニのシフトをアホみたいに入れられたのだ。今日の約束だって家電《いえでん》で日葵《ひまり》のお母さんに伝えてもらったし、日葵《ひまり》とこうして話すのも一週間ぶりだった。

日葵《ひまり》は涙《なみだ》ながらに、「ぐぬぬぬ……」と俺のパーカーの裾《すそ》を握《にぎ》りしめる。

「わかる!?　あんなドラマチックなハッピーエンドの末、次の日から完全にライン未読無視キメられたアタシの気持ちがさ!?　今日だって約束の時間に悠宇《ゆう》がこなくて『あっれー？　もしかしてアタシ、夏休み全部使った盛大《せいだい》なドッキリかまされてたのかなー？』って気が気じゃなかった乙女《おとめ》の心境がさーっ!!」

「いやいやいや。待って？　落ち着いて？　ここ店内だし、俺も『大成功!!』ってプラカード持ってないからさ……」

　完全にギア入ってる日葵《ひまり》をコンビニから連れ出す。レジのおばちゃんの「あらあら若いのねえ」って生温かい視線がキッツいです。

　からあげクンのセールの幟《のぼり》の下。

　えぐえぐ泣きかけてる日葵《ひまり》が、じとーっと俺を睨《にら》みつける。

「で？」

「な、何？　今度は何なの？」

　日葵《ひまり》はむうっと拗《す》ねるように、俺の胸に額《ひたい》をこすりつける。ちらっと俺の顔を見上げて視線が合うと、頬《ほお》を染めながら視線を逸《そ》らした。

　……ぽそっと控《ひか》えめに言う。

「一週間も我慢《がまん》した可愛《かわい》いカノジョに、ご褒美《ほうび》は？」

「…………」

　ぐはあっ……。うっかり喀血《かっけつ》しそうになる。

　え、何なの？　ご褒美《ほうび》？　むしろ労働に勤《いそ》しんでいた俺のほうが欲《ほ》しいくらいだけど？　てか、カノジョって面と向かって言うのズルくない？　そんなズルいところも小悪魔《こあくま》チックで可愛《かわい》いけどな！

　いいのか？　そういうテンションでいいんだな？　後で「ぷっはーっ」はナシでお願いしま

す！

「ご褒美《ほうび》、何がいい？」

ちょい気取ったイケボを意識してしまったのは仕方ないだろ。

日葵《ひまり》が両手をもじもじ絡《から》めながら、てれてれと上目遣《うわめづか》い。

「当ててみて？」

「…………」

うわウッザい。

日葵《ひまり》のこういうところ、マジでウザい。ほんと、こういうところ相変わらずだよな。てかさ、そういうメンドいのが原因で、俺たち何度もトラブってるわけじゃん？　いい加減、学んでほしいよな。

ま、メンドい絡《から》み方でしか俺の気を引けない不器用な日葵《ひまり》も可愛《かわい》いけどな‼

はあ〜もういいです。何を欲《ほ》しいか知らないけど、もう何でもくれてやるよマジで。この一週間、昼夜問わずコンビニでレジ打ち品出し店内清掃《せいそう》で稼《かせ》いだ小遣《こづか》い全部捧《ささ》げます。二万円以内って遠足のおやつみたいな条件付きだけど、何でもこいや覚悟《かくご》は決まった！

「日葵《ひまり》。降参。教えてくれ」

すると日葵《ひまり》が「どうしよっかな〜」と散々焦《じ》らした挙句《あげく》、悪戯《いたずら》っぽく告げた。

「悠《ゆう》宇と、手、繋《つな》ぎたいな？」

日葵《ひまり》が「言っちゃった。キャ☆」と非常に浮《う》かれた感じで頬《ほお》に手をあてる。

……はい？

なんだそりゃ？

なんだそりゃおまえ⁇

おまえ、これまで普通《ふつう》に手ぇ繋《つな》いでたじゃん。いきなり申請《しんせい》形式になっちゃったの？　そんなん小学生カップルでもやってるよ？　……俺の世界一可愛《かわい》いカノジョのコスパが良すぎて沼《ぬま》っちゃいそう。

「わ、わかったよ。じゃあ、手な？」

日葵《ひまり》が手を伸《の》ばしてくる。美少女は手相も可愛《かわい》いなオイ。

しかし、めっちゃ緊張《きんちょう》する……。よく考えたら、俺、自分から手を繋《つな》ぐの初めてだわ。これが親友じゃなくてカノジョ……やばい心臓おかしくなって死にそう。

おっかなびっくり、日葵《ひまり》の手を握《にぎ》る。

やわっこい。いや、これまでも同じようにやわっこかったんだけど、それとはまた違《ちが》う感じがするっていうか。やっぱりカノジョなんだよな……。

とか思ってたら、身体《からだ》が勝手に指を絡《から》めたりしてしまった。それを見て、日葵《ひまり》がぴくっと反応する。

「あっ」

「え？　な、なんか違《ちが》った？」

慌《あわ》てて普通《ふつう》に握《にぎ》るほうに戻《もど》そうとする。

でも、日葵《ひまり》がそれをぎゅっと握《にぎ》って止めた。にまーっと笑うと、反対の腕《うで》を伸《の》ばして俺の鼻先をピンと弾《はじ》く。

「大正解♪」

「うぐっ……」

手のひらでコロコロされてる気分。

めっちゃハズい。いや、「ぷっはーっ」より全然いいんだけどね。可愛《かわい》いし。

「じゃあ、お祭り行こっか？」

「そ、そうだな……」

俺たちは向こうの浴衣《ゆかた》の学生たちのほうへと歩き出した。

晩夏《ばんか》の夕暮れ。

じわりとシャツを湿《しめ》らす汗《あせ》。

少しずつ、西日が田舎町《いなかまち》を染めていく。

日葵《ひまり》は髪《かみ》の編《あ》み込んだところをちょいちょいといじると、なんかとろけそうな笑顔《えがお》で口元を綻《ほころ》ばせた。

「ぷへへ……」

ぐはあっ。

そして俺はあまりの可愛《かわい》さに喀血《かっけつ》しそうになる。

その「ぷへへ」って何なの？　まさか「ぷっはーっ」のデレバージョンだとでもいうつもりか？　さすがに安直すぎんだろ。

そういうバレバレな日葵《ひまり》も世界一可愛《かわい》いな！

♣♣♣

この夏祭りは、うちの町で一番大きな商店街で開催《かいさい》される。

その祭りの中心地に向かうほど、歩道にはカラフルな出店がずらりと立ち並んでいった。各所から訪《おとず》れる人たちが、まるで大きな川に合流するようにどんどん数を増していく。やがて息もしづらくなるほどになって、夏の空気とは違《ちが》う熱気に肌《はだ》が汗《あせ》ばんでいった。

ま、そんなぎゅうぎゅう詰《づ》めの歩道だって、日葵《ひまり》とくっつく口実になるからいいんだけどな！

「日葵《ひまり》。しんどくない？」

ちょっと心配になって聞いてみると、日葵《ひまり》はにこっと微笑《ほほえ》んだ。

「悠宇《ゆう》とくっつけるから、アタシはいいよ♪」

ひゅー。

さすが俺たち。唯一無二《ゆいいつむに》のパートナーにして運命共同体《きょうどうたい》だ。考えることまで一緒《いっしょ》とかやばくない？　この前まであんなにすれ違《ちが》ってたの何なのってくらいばっちりじゃん。もっと早くこうしてればよかったわ。

「毎年思うけど、この田舎《いなか》のどこにこんなにたくさん人がいるんだろうなあ」

周囲から乱雑な言葉が飛《と》び交《か》って、ノイズのように耳を塞《ふさ》いでいる。

俺もさっきから割と大きな声で話していた。それなのに女子中学生の「あ、○○ちゃんもきてたのー？」みたいな甲高《かんだか》い声だけは、こんな人混みでもはっきり聞こえるから不思議だ。

確かに息苦しさがあるけど、嫌《いや》じゃない感じ。

祭りの会場には、何かが始まる予感みたいなのが漂《ただよ》っている。あるいは、隣《となり》にいるのが日葵《ひまり》だからかもしれないけど。

「田舎《いなか》はイベント少ないから集まっちゃうんだよなー。昨日はばんば踊《おど》りやってたから、もっと人多かったらしいよ。お兄ちゃんが言ってた」

ばんば踊《おど》りとは、この地域に伝わる盆踊《ぼんおど》りである。

夏の祭りには、地域の企業《きぎょう》と提携《ていけい》して行列を作って踊《おど》るのが風物詩だ。俺の父さんも参加してたはずだけど、詳《くわ》しくは知らない。

「雲雀《ひばり》さんって、実行委員だっけ？」

「そだねー。お兄ちゃん、法被《はっぴ》着て櫓《やぐら》の上で太鼓《たいこ》叩《たた》いてたんだって」

「え、何それ。めっちゃ見たかったんだけど！」

「お母さんがニュースで流れたやつ録《と》ってると思うから、今度ダビングしてくね」

とか言ってる間に、どんどん人波に流されていく。

人口密度が上がれば、それだけ人の流れは大きくなる。マグロのように常に移動していなければ、後ろからくる人たちに迷惑《めいわく》だ。転んだりしたら、それこそ大事故になってしまう。この大きな力から日葵《ひまり》を守ってやれるのは俺しかいない。

「日葵《ひまり》。花火、何時からだっけ？」

「七時からだよ」

それが今日のメインイベントだ。

うちの地元の夏祭りは二日間。一日目はばんば踊《おど》りで、二日目は花火大会。市内を流れる一《いっ》級河川《きゅうかせん》の裾《すそ》で、地元の職人が百連発の花火を打ち上げる。これは市民からの募金《ぼきん》で成り立っており、うちのコンビニにも募金《ぼきん》箱が置いてあった。

(去年は雲雀《ひばり》さんが、花をモチーフにした花火を上げてくれてテンション上がったなあ)

今年はどんなのを上げるんだろうか。

日葵《ひまり》も聞いてないらしいし、俺もすごく楽しみだ。それにこういう芸術的なエンタメってのはアクセ作りの参考にもなる。

俺が花火に思いを馳《は》せていると、日葵《ひまり》が握《にぎ》った手をぶんぶん振《ふ》った。めっちゃ腕《うで》が痛いけど、それも日葵《ひまり》の愛の形なので甘んじて受け入れよう。

「悠宇《ゆう》。あっちでなんか食べよ？」

「あ、俺も腹減った」

お祭りの出店を見ていく。

定番の焼きもろこし、たこ焼き、フライドポテト。フランクフルトや焼きそば。イカ焼きなんかは、いかにも香《こう》ばしい匂《にお》いを漂《ただよ》わせている。

祭りと言えば甘味《かんみ》も捨てがたいけど、今はお腹《なか》減ってるからご飯系がいい。

すると、日葵《ひまり》がピキーンッとある出店を指さした。

「悠宇《ゆう》。はしまきある！」

「あ、ほんとだ」

はしまき。

その名の通り、薄《うす》いお好み焼きを割《わ》り箸《ばし》にくるくる巻いた料理だ。他の地域では『どんどん焼き』とか『くるくるお好み焼き』と呼ばれているらしい。去年の夏祭りのとき、雲雀《ひばり》さんに教えてもらった。

これが祭りでは、なかなかのポテンシャルを秘めている。棒状なので気軽に食べられるし、崩《くず》して割《わ》り箸《ばし》で食べることもできる。何より、粉ものはお腹《なか》に溜《た》まる。出店の料理にしてはコスパがいいのだ。

出店の気のよさそうなおっちゃんが、俺たちに気づいた。

「焼きたてあるよー」

「あ、じゃあ買います！」

店先にぎっしりと並んだ大量のはしまき。

先客が買ったところが、ぽこぽこと抜《ぬ》けている。向こうの鉄板では、新しい生地《きじ》がジュウジュウと音を立てて焼けていた。

うーん。この雑な感じの光景が、いかにもお祭りって雰囲気《ふんいき》を醸《かも》していて楽しい。お好み焼きの親戚《しんせき》なだけあって、味のバラエティも豊富だ。

基本のソース＆マヨネーズ。手堅《てがた》いチーズのせ。大量のネギを積んだ『ネギだく』や、キムチ盛《も》りなんかもある。ケチャップや明太子《めんたいこ》。目玉焼きをのせたやつなんか、まさに映《ば》え最強って感じ。

「ねえ、悠宇《ゆう》は何にするー？」

日葵《ひまり》がぶんぶん腕《うで》を振《ふ》る。

さっきから同じ動作が見受けられる。さてはこれ、ダダ甘えカノジョムーブってやつなのか？　そんな可愛《かわい》い日葵《ひまり》の食べたいものが俺の食べたいものだよ。

「日葵《ひまり》はキムチだろ？」

「え、悠宇《ゆう》なんでわかったの？」

「日葵《ひまり》の食べたいのだったら、だいたいわかるって」

すると日葵《ひまり》が、すげえ嬉《うれ》しそうに肩《かた》を叩《たた》いてくる。

「悠宇《ゆう》ってば、さすがーっ！　アタシたち、やっぱり深く繋《つな》がっちゃってるよなーっ！」

「おまえ、こんなところでやめろって恥《は》ずかしい……」

とか謙遜《けんそん》してみたけど、できればもっと見せつけたい気もしないこともない。これ後で恥《は》ずかしくなるやつかな？　いや、みんなこんなもんだろ。

おっちゃんはキムチ盛《も》りをプラスチック容器に詰《つ》めた。

「じゃあ、そっちのカレシは何にする？」

「……っ⁉」

それに反応したのは、俺じゃなく日葵《ひまり》だった。

急にしなを作って、俺と恋人繋《こいびとつな》ぎした手をそれっぽくアピールしていく。

「オジサマ？　アタシたち、もしかしてカップルに見えちゃうかなー？」

「おう。そりゃもうお似合いに見えるぜ」

おっちゃんはからから笑いながら言った。

日葵《ひまり》の目がキラーンッと光った。いきなり頰《ほお》に手をあてて「キャーッ」ってしながら、俺の肩《かた》をバッシバッシ叩《たた》いてくる。

「もう、お似合いだってさ！　お・に・あ・い!!　いやー、そう見えちゃうかーっ！　アタシたちオーラ出てるし、それもしょうがないよなーっ！　普通《ふつう》はそうなっちゃうもんなーっ！」

「痛い痛い痛い。いやこれはマジで痛い……」

むしろアレでそう思わないほうがおかしくない？　それはそうと付き合う前の「恋愛《れんあい》なんて害悪だワ」のスタンスと完璧《かんぺき》にバイバイした日葵《ひまり》も滅茶苦茶可愛《めちゃくちゃかわい》いよ。

「じゃあ、俺はチーズでお願いします」

「あいよー」

財布《さいふ》を出したところで、日葵《ひまり》が言い出した。

「あ、そうだ。アタシが悠宇《ゆう》のチーズ買うから、悠宇《ゆう》はアタシのキムチ買ってよ」

「は？　その役割分担、何か意味あんの？」

このくらい俺が出すつもりだったんだけど。

すると日葵《ひまり》のやつ、「ぷぷぷ」と何かよからぬことを思いついた顔だ。

「お互《たが》いの買って、食べさせ合いっこしよ？」

「……へえ？」

それはさすがに予想外。日葵《ひまり》マスターたる俺としたことが、思わず唸《うな》ってしまった。

こいつは愉快《ゆかい》な提案だ。さすが日葵《ひまり》、こういったイベントを倍楽しむ方法を弁《わきま》えている。そんな黒歴史スレスレの危険な遊びだって、日葵《ひまり》と一緒《いっしょ》なら乗《の》り越《こ》えられる。

「さすが日葵《ひまり》はモテ経験値高ぇなあ」

「そんなアタシのハートを射抜《いぬ》いたのが悠宇《ゆう》だゾ♪」

鼻の先をツンツンされて、俺もくすぐったい気持ちになる。

「そんな持ち上げんなよ。今だって、俺みたいなのでいいのかなって思ってんだし」

「そんなこと言っちゃダメだって。それに悠宇《ゆう》のいいところは、アタシだけ知ってればいいんだからさー」

「……日葵《ひまり》のそういうとこ、マジで嬉《うれ》しいよ。ありがとな」

きゅっと手を握《にぎ》り直して見つめ合う。日葵《ひまり》のマリンブルーの瞳《ひとみ》が、なんだかキラキラと輝《かがや》いて見えた。

やばい、めっちゃキスしたい。していいかな。どう見たって今がそのタイミングだろ？

日葵《ひまり》だって絶対に期待してるはず。

「日葵《ひまり》……」

「悠宇《ゆう》……」

日葵《ひまり》の甘い声音《こわね》が、俺の脳を蕩《とろ》けさせる。

あ、これイケるわ……。

すると突然《とつぜん》、俺たちの顔の間にでかいビニール袋《ぶくろ》が割り込んだ。「何奴《なにやつ》……？」って感じで振《ふ》り返《かえ》ると、出店のおっちゃんがほんのり頰《ほお》を染めていた。

「お、おい。ラブラブなのはわかったから、早く持っていきな。カップル盛《も》りにしといたからよ……」

「あ、サーセンっす……」

慌《あわ》てて会計を済ませて、俺たちは出店から離《はな》れた。

♣♣♣

人混みから抜《ぬ》け出《だ》した。

ちょうど交差点の花壇《かだん》があったので、そこに座って手を合わせる。さっそく日葵《ひまり》が有言実行とばかりに、俺にチーズはしまきを食べさせようとする。

「はい、悠宇《ゆう》。あ〜ん♡」

「…………」

あふれそうなほど盛られたチーズが、はしまきからとろとろと流れ落ちる。

カップル盛《も》りって何？　カップル割ではなく？　このチーズの量って大丈夫《だいじょうぶ》？　ほんとに人間が食っていいやつ？　まあ、もし体調悪くなっても日葵《ひまり》が看病してくれると思えば結果としてプラスだな。

「じゃあ、いただきまーす……はぐ」

うまい。チーズと日葵《ひまり》の愛情の味がする。つまり愛とはカロリーのことだった？　どっちも健康には悪そうだもんな。なるほどわかった。

俺は自分のプラスチック容器から、キムチ盛《も》りを持ち上げた。

「ほら、日葵《ひまり》も食えよ」

「あーん♪」

……あ、これ可愛《かわい》いやつですね。

無防備に口を開けてる日葵《ひまり》が可愛《かわい》すぎるし、ちょっと耳のあたりに髪《かみ》を引っかける仕草も可愛《かわい》い。日葵《ひまり》という美少女にはしまき食べさせる特権を与《あた》えてくれた神に感謝したい。

「はむっ」

と、先っちょのほうだけ齧《かじ》った日葵《ひまり》が、嬉《うれ》しそうに笑った。

「でかいね」

「……カップル盛《も》りだからな」

これから買い物するときは至る所でラブラブアピールしてくか？　うちのカノジョが可愛《かわい》い上に経済的に強すぎて頼《たよ》りがいしかない。

俺にチーズ盛《も》りを「あーん」しながら、日葵《ひまり》が思い出したように言う。

「悠宇《ゆう》、そういえばさ。おうちのコンビニの手伝い、どんな感じになったの？」

「紅葉《くれは》さんとの勝負のとき休みまくった埋《う》め合《あ》わせは済んだから、これからはいつも通りかな。

バイトと休みが半々くらい」

「あ、じゃあさ。次の日曜日、海行かない？　昨日、えのっちからお誘《さそ》いきたんだよなー」

「海？」

日葵《ひまり》が楽しそうにラインの画面を見せてくる。

榎本《えのもと》さんから浮《う》き輪《わ》をつけた猫《ねこ》キャラのスタンプで『海……いきたくニャい⁇』と提案されている。榎本《えのもと》さん、相変わらずスタンプのチョイスはテンション高めだ。

「高二の夏なんだし、やっぱり海は外せないよなーって」

確かに高校の夏休みは、あと来年だけだ。高校卒業後にすぐ店を持つって夢が帳消しになった以上、進学を選ぶ可能性もある。そうなれば遊ぶ暇《ひま》があるかどうかわからないし。今のうちになんか思い出作っときたいってのは俺も賛成だ。

夏の花たちをアクセに加工するのは、少しずつ進めている。この数日でうまいこと完成させれば、そのくらいの余裕《よゆう》はできるはずだ。

「ちなみにメンバーは？　榎本《えのもと》さん言い出しっぺってことは、他にも行くのかな？」

「真木島《まきしま》くんと、あとお兄ちゃんは聞いてる」

「え、雲雀《ひばり》さん⁉」

いつもお世話になってるけど、こういう遊びに参加することはなかった。どういう風の吹《ふ》き回《まわ》しだろう。

「なんか運転手するんだって。真木島《まきしま》くんが了解《りょうかい》取ったらしいよ」

「へえ……。なんか、真木島《まきしま》と雲雀《ひばり》さんの絡《から》みって珍《めずら》しいな……」

俺は日葵《ひまり》さえいればいいけど、よく考えたら真木島《まきしま》と休日に遊ぶことなかったしな。あいつは部活の練習があるし、俺はアクセ制作で手いっぱいだった。これはいい機会かもしれない。

「いいんじゃないか。俺も予定空けとくよ」

「じゃ、悠宇《ゆう》がいくならアタシも参加オッケー……っと」

ラインのトークに『悠宇《ゆう》とアタシ参加』と短く打つ。

すぐに既読《きどく》がついて、瞳《ひとみ》をキラキラさせた犬キャラのスタンプで『わっふわっふ』と返事が返ってきた。……榎本《えのもと》さん、いつもの不機嫌《ふきげん》そうなクールな表情でこれ打ってんのかなあ。

「悠宇《ゆう》。楽しみだね？」

「そうだな」

海か。この前も浜《はま》には行ったけど泳がなかったし。

この時期なら、コオニユリとかハマユウの季節だ。この辺じゃ見かけないし、花の鑑賞《かんしょう》も楽しみだな。……何より、日葵《ひまり》の水着だ。さぞ可愛《かわい》いんだろう。だって日葵《ひまり》だし。

とか思いを馳《は》せていると、日葵《ひまり》が慌《あわ》ててはしまきを食べる。

「悠宇《ゆう》。そろそろ花火の時間だし、行こ！」

「マジか！　うわ、早く行っていい位置取んなきゃ！」

気が付けば、人の流れが堤防《ていぼう》のほうに向かっている。

日葵《ひまり》に手を引かれて、俺も慌《あわ》てて立ち上がった。途中《とちゅう》のごみ箱でプラスチック容器を捨てて、堤防《ていぼう》のほうに向かう。

橋の上には、すでにたくさんの観客がそれぞれのロケーションを確保していた。俺たちも何とか、よく見えそうなところに陣取《じんど》る。

俺は息巻いて、スマホのカメラの準備をする。

えーっと。夜景モードにして、ピントのチェックを……。

「はあー。めっちゃ楽しみ……」

「悠宇《ゆう》。花火、けっこう好きだよね。さすがお花バカ」

「うまいこと言ったつもりか」

確かに、これは自分でも驚《おどろ》いている。きっと日葵《ひまり》が中学時代からこういうイベントに連れ出してくれなきゃ、自分でも知らなかったんだろう。……まあ、それでも日葵《ひまり》ほど好きってわけじゃないけど。

「お兄ちゃんが、今年も悠宇《ゆう》のために花火の予算めっちゃ取ったって言ってたなー」

「それはさすがに公私混同じゃねえのか。みんなの募金《ぼきん》だぞ……」

「ぷはは。結果としてみんな楽しくなるんだし、別によくない？　運営側のモチベーションの確保も大事でしょ？」

「なんか言いくるめられてる気もするけど、まあ、そう言われればそうかもな……」

かすかに、太鼓《たいこ》の音が響《ひび》いてきた。

打ち上げ場所の近くで、開始の合図に叩《たた》いているのだ。

「お、始ま……」

ヒュルルル……と風船から空気の抜《ぬ》けるような音が響《ひび》いた。

俺たちの視線が、河川《かせん》の上空に向く。


その瞬間《しゅんかん》、夜空に大輪の花火が広がった。


パァーンッと、大砲《たいほう》のような破裂《はれつ》音が轟《とどろ》く。

俺たち観客の雑音が飲み込まれて、一瞬《いっしゅん》、無音の静寂《せいじゃく》が訪《おとず》れた。

砕《くだ》け散《ち》った星屑《ほしくず》のような花火が散り散りになって落下し……燃《も》え尽《つ》きる。バチバチバチッという音が、遅《おく》れて耳に届いた。

おおっという歓声《かんせい》と共に、まばらな拍手《はくしゅ》が起こる。

次いで二発目が上がるとき、向こうの大学生グループが「た～まや～」と空に叫《さけ》んだ。それと息を合わせるように二発目の大輪が咲《さ》き……ドォーンッという破裂《はれつ》音が地上を揺《ゆ》らす。

花火が綺麗《きれい》だった。

夜空に吸い込まれそうな気分のまま、俺はふと隣《となり》を見る。日葵《ひまり》の綺麗《きれい》な顔が、花火の灯《あか》りに照らされて宵《よい》に浮《う》かび上《あ》がる。とろんとした顔で「わあ……」とつぶやき、次々に上がる花火に見惚《と》れていた。

ふとマリンブルーの瞳《ひとみ》がこっちを向く。色とりどりの花火が映って、なんだか大海に咲《さ》く花のようだった。

夜空に大きな花火が上がった。途方《とほう》もないほどの光の粒子《りゅうし》が、噴水《ふんすい》みたいに夜空を染め上げる。眩《まばゆ》い輝《かがや》きが、地上の観客を照らしていた。

(うわ、綺麗《きれい》だ……)

ドラゴン、と呼ばれるやつだ。

七色の光の帯が、次々に舞《ま》い上《あ》がっては消えていく。この規模だと、本当に龍《りゅう》が舞《ま》い上《あ》がるような迫力《はくりょく》だった。

まるで枝垂《しだ》れ桜《ざくら》みたいだなって、そんなことを思った。打ち上がり綺麗《きれい》な曲線を描《えが》いて地上に落ちていく光の帯がそっくりだった。

(枝垂《しだ》れ桜《ざくら》か……)

そういえば、あの中学二年の文化祭でも同じことを思ったような……あれは、何を見てそう思ったんだっけ？

……そうだ。あれは初めて、日葵《ひまり》と出会ったときだ。あのとき、こいつの髪《かみ》は長かった。さらさらで美しくて、俺はまるで枝垂《しだ》れ桜《ざくら》みたいだって思った。

花火に見惚《みと》れていると、ふと頰《ほお》に温かい感触があった。ついでに、ピロンッていうスマホの音も。

振《ふ》り返《かえ》ると、日葵《ひまり》が頰《ほお》に手をあてて「ぷぷぷっ」と含《ふく》み笑《わら》いしている。

「え、どうしたん？」

「えー？　なんだろなー？」

そう言って、俺にスマホを向けてくる。

「……っ⁉」

日葵《ひまり》からほっぺにキスされる俺のアホ面が、ばっちり映っていた。うわ、日葵《ひまり》のキス顔は死ぬほど可愛《かわい》いけど、隣《となり》の俺の顔が間抜《まぬ》けすぎてハズすぎる……。

慌《あわ》てて頰《ほお》を手で押さえて、日葵《ひまり》をたしなめた。

「日葵《ひまり》。そういう不意打ちやめろし……」

「だってアタシより花火のほうに夢中なんだもん。ちょっとジェラシー感じちゃった♪」

そんな無茶苦茶《むちゃくちゃ》な……。

俺が熱くなった顔を手で扇《あお》いでいると、さらに日葵《ひまり》が追撃《ついげき》してくる。

「じゃ、悠宇《ゆう》。こっちも♪」

「は？」

自分の頬《ほお》を、人差し指でツンツンしていた。

「アタシがしたんだし、お返しにほっぺにちゅーして？」

「ええ。何それマジで……？」

さすがにそうやって構えられると、逆に恥《は》ずかしいんだけど……。

……日葵《ひまり》を納得《なっとく》させるために大事なのは勢い。それを俺は、この数か月で理解した。とはいえ恥《は》ずかしいのは恥《は》ずかしいので、猪口才《ちょこざい》な手を使わせてもらおう。

「あ、日葵《ひまり》！　咲姉《さくねえ》さんが謎《なぞ》のイケメンと歩いてる！」

「えっ！　ほんと!?　どこどこ！」

日葵《ひまり》が跳《は》ねるように振《ふ》り返《かえ》った。

俺の指さしたほうを見て、きょろきょろと見回している。……こいつ、たまにマジで馬鹿なんじゃないのかって思うときあるよな。

「隙《すき》あり」

「え？」

から空きになった日葵《ひまり》の頬《ほお》に唇《くちびる》を当てた。

そして慌《あわ》ててそっぽを向く。ドーンッ、パラパラ～……と花火が上がった。

「…………」

「…………」

無言。

俺たちは無言だった。

花火大会はいよいよ佳境《かきょう》を迎え、いろんな種類の花火が目まぐるしく移り変わっていく。名物の百連発花火になると、周囲の観客たちからどっと歓声《かんせい》が上がっていた。

大地を震《ふる》わせるような花火の狂乱《きょうらん》を眺《なが》め、俺は日葵《ひまり》の顔を見られずにいた。

（あー。ダメだこれ。やっぱ、めっちゃ恥《は》ずかしい……）

俺の顔が熱くなっていくのがわかる。

てか、「隙《すき》あり」って何？　少女漫画《まんが》かよ。いやそれ自体はいいんだけど、キャストが自分ってのが死ねる……。

花火を見ているようで、完全に上の空だった。てか、日葵《ひまり》のほうリアクションなし？　お望み通り、俺からほっぺにちゅーしただろ。それなのに放置プレイはどうかと思うわ。

……いや、どうせ日葵《ひまり》のことだ。実は俺が恥《は》ずかしがってるのわかってて、いつもみたいにニヤニヤしてるんだろ？

たぶん「悠宇《ゆう》やるじゃーん。でも、百戦錬磨《ひゃくせんれんま》のアタシを堕《お》とすには威力《いりょく》不足かなー？　お顔が真っ赤っかだし、ここからどうやってぷはってやろうかなー？」とか考えてるはず。まったく、マジで性格が悪い。誰《だれ》だこんな女を好きになったやつは……っ！

ええい、降参だ、降参。

とりあえずほっぺにちゅーしたんだし、この不毛な争いはお終《しま》いにしよう。

「ひ、日葵《ひまり》。俺が悪かったよ。でも、やっぱり他の人がいる場所じゃ……」

んん？　そこで振《ふ》り返《かえ》って、なんか様子がおかしいのに気づいた。

日葵《ひまり》が顔を耳まで真っ赤にして、湯気が「ぷしゅううっ」と噴《ふ》き出《だ》しそうな勢いで口をパクパクしているのだ。

（こいつ、いつも恋愛《れんあい》経験値高いアピールしてくるくせに実は押しに弱いとか？　そんなベタベタな……）

そういえば四月からこっち、こいつ変なときあったよな？　もしかして、これまでも裏ではこんな感じだったわけ？

その事実に気づいた瞬間《しゅんかん》、同時に得《え》も言われぬ快感が押し寄せる。

背中がぞくぞくして、つい本能の赴《おもむ》くままに日葵《ひまり》の肩《かた》を摑《つか》む。日葵《ひまり》はビクッとするけど、決して逃《に》げることなく俺を見つめ返した。

「ひ、日葵《ひまり》……」

「悠宇《ゆう》……」

ドッドッドッドッと心臓の音が鳴《な》り響《ひび》く。

やばいやばい。てか、日葵《ひまり》こんなに可愛《かわい》かったっけ。可愛《かわい》いのは知ってるけどさ。顔真っ赤じゃん。マジで普段《ふだん》とのギャップやばい。さっきからやばいしか言ってないのが一番やばいっていうかそもそもやり方わかんないのがマジでやばい……。

俺が脳内でお花大会議を開こうとしていると、日葵《ひまり》が不安そうに聞いてくる。

「ゆ、悠宇《ゆう》。しないの？」

「…………」

理性が砕《くだ》ける音がした。

（ええい、やったらあーっ！）

俺が意を決して、日葵《ひまり》に顔を近づけようとする。……そのとき、謎《なぞ》のイケボが耳に突《つ》き刺《さ》さった！

「やあ、悠宇《ゆう》くん！　僕がデザインした特注の花火、見てくれたかい⁉」

「あ……っ」

目を向けると、実行委員会のタスキを掛《か》けた雲雀《ひばり》さんが駆《か》けてきて——俺たちの雰囲気《ふんいき》を察して「あ、やべ……」って顔で固まる。

ドォーンッと花火が上がった。

夜空にいくつもの小さなピンクの花火が大量に弾《はじ》ける。同時に、その隙間《すきま》に緑の花火が続いた。それが重なったとき——俺にはわかった。

これはアザレアの花だ。

西洋つつじとも呼ばれる可憐《かれん》な小花。一度に鮮《あざ》やかな花をたくさん咲《さ》かせ、それはまるで幸《こう》福《ふく》のブーケのような印象を与《あた》える。

アザレアの花言葉は『節制』『禁酒』――『恋《こい》の喜び』。

恋《こい》を全《まっと》うするために、互《たが》いの身体《からだ》を慈《いつく》しむ花。

永遠に続く健全な愛を表す花。

……やばい。雲雀《ひばり》さん、そのチョイスはやばい。

一瞬《いっしゅん》だけ止まった唇《くちびる》を、日葵《ひまり》のそれに押し当てた。向こうも一瞬《いっしゅん》だけ身体《からだ》を強張《こわば》らせた後、俺の唇《くちびる》をついばむようにする。

……ヒマワリ畑のときは頭真っ白だったから気づかなかったけど、キスって柔《やわ》らかいんだな。もしかしたら世界一可愛《かわい》い日葵《ひまり》が特別なのかもしれないけど。

雲雀《ひばり》さんが気まずそうにつぶやいた。

「そ、そうか。続けるんだね…………僕は何も見てないよ」

なんかもにょもにょと言って去っていった。

……やっちゃった感が凄《すさ》まじいけど、今はそれどころじゃない。明日の俺はベッドの上で黒歴史に悶《もだ》えているだろうし、雲雀《ひばり》さんはいい笑顔《えがお》で婚姻《こんいん》届け持ってきそう。いや、いいか。どうせ日葵《ひまり》の可愛《かわい》さに比べれば、この世界の全部は些事《さじ》だ。

たとえ誰《だれ》であろうと、俺たちの関係を壊《こわ》すことはできない。

そのときの俺は、自信満々にそう思ってました……。

Ⅱ

〝汚れのない〟

日曜日。海水浴、当日だ。
午前9時に、俺は家の前で雲雀《ひばり》さんの車を待っていた。榎本《えのもと》さんたちを拾ってくるって言ってたから、もうちょっとかかるかもしれない。
今日の荷物は、自分のバッグとクーラーボックス。俺は飲み物係に任命されたので、うちのコンビニのポカリとかファンタを大量にもらってきた。父さんからビールとかも渡《わた》されたから詰《つ》めてきたけど、雲雀《ひばり》さん運転なのに誰《だれ》が飲むんだろう……。
服装はいつものパーカーと七分《しちぶ》丈《たけ》のカーゴパンツだ。ちなみに下には、すでに水着を着ている。これは合理性を取っただけで、昨夜から眠《ねむ》れないくらいわくわくしてたわけじゃないんだからね！　……日葵《ひまり》と初めての遠出デートなんだからしょうがないじゃん。

（咲姉《さくねえ》さん、今朝は見なかったな。一応、声かけようと思ったんだけど……）

まあ、早めに夜勤を上がって寝《ね》てるんだろう。あの姉さんがビーチ遊びに参加するとは思えないし。

そわそわ待っていると、車の音が聞こえた。

向こうから黒塗《くろぬ》りのワゴン車がやってくる。運転席にサングラスをかけた雲雀《ひばり》さんがいて、ピッと華麗《かれい》に手を上げた。

ワゴン車が俺の前に停《と》まる。助手席の窓が開いて、雲雀《ひばり》さんが顔を覗《のぞ》かせた。

今日はアロハシャツ姿だ。いつも清潔感重視の格好してるし、こういう開放的な雲雀《ひばり》さんも新鮮《しんせん》だな。

「やあ、悠宇《ゆう》くん。飲み物の用意、ありがとう」

「こちらこそ、今日は運転ありがとうございます」

ちらっと車内を見る。

ワゴン車の後部座席に、真木島《まきしま》が座っていた。……あれ？　真木島《まきしま》一人？

すると真木島《まきしま》は、俺の疑問を目ざとく察したようだ。

「ナハハ。愛《いと》しのハニーではなくて悪かったな？」

「いや、そういうつもりじゃ……」

そういうつもりでした。ほんとゴメンな。

しかし問題は、日葵《ひまり》だけじゃなく榎本《えのもと》さんもいないことだ。まさか今日、男子だらけのビーチ遊びなの？

「雲雀《ひばり》さん。日葵《ひまり》たちは？」

「あの子たちは、母さんの車で先に向かっているよ。こっちは荷物が多くてね」

あ、なるほど。二手に分かれたのか。

言われてみれば、ワゴン車の後方にはたくさんの荷物が積んである。ビーチパラソルとか浮《う》き輪《わ》とか、あとはゴムボートなんかもあった。

さすが犬塚《いぬづか》家《け》、休暇《きゅうか》を過ごすときもフル装備だ。その荷物の隅《すみ》にクーラーボックスを置いて、俺も助手席に乗り込んだ。

「やけに大荷物ですね」

「思ったより大人数になってしまったからね。30分ほどで着くと思うから、しばらく日葵《ひまり》がいなくても我慢《がまん》してくれ」

「雲雀《ひばり》さんも茶化《ちゃか》さないでくださいよ……」

しかし大人数？

まあ、俺と日葵《ひまり》と榎本《えのもと》さん、真木島《まきしま》と雲雀《ひばり》さんとお母さんで6人か。そう考えると、確かに大人数だ。

「悠宇《ゆう》くん。朝は？」

「あ、うちのコンビニのパン持ってきました」

「なら、寄り道せずに向かうよ」

ワゴン車を走らせて、すぐに有料道路に乗った。

今日は雲一つない晴天。遠くの山々の光景が、いかにも夏イベントに似合っていて眩《まぶ》しい。

真木島《まきしま》が鼻歌を口ずさみながら、スマホをいじっている。人の車だけど、完全にくつろいでいるようだ。

それをバックミラーで眺《なが》めながら、隣《となり》の雲雀《ひばり》さんに小声で聞く。

「雲雀《ひばり》さんって、以前から真木島《まきしま》と仲よかったんですか？」

「向こうがそう思っているかは、なかなか判定が難しいところだけどね……」

そう言って雲雀《ひばり》さんは苦笑《くしょう》した。

「真木島《まきしま》くんのお兄さんが、やはり僕らと高校の同級生でね。その頃《ころ》から弟のように可愛《かわい》がっていたんだが……思春期でグレてしまってね。よくある話さ」

「真木島《まきしま》のお兄さんも？　すごい偶然《ぐうぜん》ですね……」

すると背後から、にゅっと腕《うで》が伸《の》びた。

真木島《まきしま》が扇子《せんす》で俺の口を塞《ふさ》いだ。そして「ケッ」と吐《は》き捨《す》てるように言う。

「ナツよ。つまらんことを詮索《せんさく》するな」

「いや、だって気になるだろ……」

「そもそもこいつは、何事も自分の都合のいいように解釈《かいしゃく》するからな。オレは一度もこいつを兄のようには慕《した》っていないし、思春期でグレたわけではない」

「まあ、おまえがそう言うなら、そういうことにするけど……」

前半はともかく、後半はマジっぽいんだよなあ。この二人の間には紅葉《くれは》さんが関わってるらしいし、あんまり聞かないでおこう。

雲雀《ひばり》さんが可笑《おか》しそうに笑った。

「さて、そろそろ海が見えるころだよ」

トンネルに入った。

しばらくして抜《ぬ》けると、景色が一変する。

視線の先には、青々とした水平線が広がっていた。

雲一つない晴天。まるで海と空が溶《と》けるような光景だ。

窓を開けると、温《ぬる》い風が吹き込んでくる。潮の香りが濃《こ》くなって、いよいよ海が近づいたことを教えてくれるようだ。

お盆《ぼん》が過ぎてちょっと気温も落ち着いたし、最高の海水浴日和《びより》といえるだろう。

カーナビを見ると、目的のビーチまであと10分ほどで着くらしい。だんだんとそれらしい景色になっていき、俺の気分も高揚《こうよう》していった。

♣♣♣

午前10時。俺たちは市内の海水浴場に到着《とうちゃく》した。

ゆったりとした海遊びができるファミリー向けのビーチだ。

この一帯には、他にもキャンプ場や広大なアスレチック公園、そして水族館などが点在している。テニスコートやドッグランもあって、いろんな用途《ようと》で使用される場所だ。日帰りでも宿《しゅく》泊《はく》でも楽しめるようになっている。

駐車場《ちゅうしゃじょう》にはけっこうな数の自動車が停《と》まっている。ややピークを過ぎた時期だけど、お客さんの入りは上々のようだった。

ワゴン車を駐車場の隅《すみ》に停《と》めて、後部座席から荷物を取り出した。それを男三人で、手分けして運ぶ。

俺はクーラーボックスとパラソルを担《かつ》いで歩いていった。

コンクリートで舗《ほ》装《そう》された歩道を進んでいくと、やがて地面が芝生《しばふ》に変わる。ほどなくして、真っ白な砂浜《すなはま》が迎《むか》えた。

見渡すと、家族連れやカップルが海を楽しんでいる。色とりどりのパラソルが立ち、それぞれの時間を過ごしていた。

砂がサンダルに入らないように慎重《しんちょう》に歩いていると、後ろから砂を蹴《け》りかけられる。振《ふ》り返《かえ》ると、真木島《まきしま》がニマニマ笑っていた。

「おい、真木島《まきしま》。何すんだよ」

「ビーチなのだから、砂が入るのは仕方なかろう。亀《かめ》のように歩いてないで、さっさと行きたまえ」

ぐぬぬ。それでも一理ある。日葵《ひまり》たちは着いてるだろうし、このパラソルを待ってるはずだ。

俺は真木島《まきしま》と砂を蹴《け》り合いながら、ザバザバと砂浜《すなはま》を進んでいった。

えーっと。日葵《ひまり》たちは……。

「悠宇《ゆう》！」

聞き覚えのある声だ。

振《ふ》り返《かえ》ると、向こうから日葵《ひまり》が手を振《ふ》って駆《か》けてくる。途中《とちゅう》で砂に足を取られて転びそうになりながら、息を切らせてやってきた。

「おはよ！」

「おう。おはよう」

日葵《ひまり》が鮮《あざ》やかに笑った。

スポーティなハイネックビキニに、スカートのボトムス。シンプルだけど高そうな素材使ってんなってわかるのが日葵《ひまり》っぽい。

総評すると、めちゃくちゃ似合って……。

「あ、ちょい待ち」

「え？」

日葵《ひまり》が意味深な笑顔《えがお》でヘアゴムをくわえる。

なんだと思っていると、髪《かみ》を後ろで縛《しば》ってショートポニテにした。そしてうなじを見せつけるように俺の前で屈《かが》んで、蠱惑《こわく》的な上目遣《うわめづか》いになる。

「どう？」

……と感想を求めるので、俺は真面目な顔で答えた。

「マジで嘘《うそ》なく世界一可愛《かわい》いと思うわ。やっぱ日葵《ひまり》って、そういうガーリーなイメージが抜群《ばつぐん》に似合ってるよな。てか、今の仕上げ何なの？　俺がうなじに弱いって知っててやったろ？　マジでありがとうございますって感じだし、今日はインスタ撮影《さつえい》用の新作アクセ持ってきてないのがマジで悔《くや》しいよ！」

「ぷへへー♪　でっしょ〜？」

調子に乗った日葵《ひまり》が、さらに前髪《まえがみ》を掻《か》き上げてエロ可愛《かわ》ポーズを取る。マジで可愛《かわい》すぎて俺の心拍数《しんぱくすう》が爆上がり。まだビーチ着いたばっかりで殺しにかかるよ俺のカノジョ。

すると後ろで見ていた真木島《まきしま》が「へっ」と肩《かた》をすくめる。

「……ここまで見せつけられては、茶化《ちゃか》す気にもならん」

そう言って先に歩いていった。

日葵《ひまり》が「べーっ」としながら、俺の袖《そで》を引く。

「さ、行こ？　みんな待ってるよ！」

「そうだな。……みんな？」

みんな？

あ、榎本《えのもと》さんと、日葵《ひまり》のお母さんか。確かに待たせちゃ悪い。

（……榎本《えのもと》さんか）

いや、別に何ってわけじゃないけど、ちょっと緊張《きんちょう》する。そりゃそうでしょ。あんだけ俺のこと好きって言ってくれてたんだし。日葵《ひまり》と付き合うことにしたのに、どんな顔で会えばいいわけ？

できればいい友だちでいたいってのは、俺のエゴなんだろうか。恋愛《れんあい》経験値低すぎて、こういうときどうすればいいのかわからん……。

そう思っている間に、日葵《ひまり》に手を引かれて合流する。カラフルなレジャーシートが敷《し》いてあって、そこにいた人物に俺は固まる。

「……は？」

年上美女が二人いた。

具体的に言うと、紅葉《くれは》さんと咲姉《さくねえ》さん。仲よく並んで寝転《ねころ》がって、燦々《さんさん》と輝《かがや》く太陽の光を浴

びていた。

「な、なんで二人が……？」

日葵《ひまり》がきょとんとする。

「あれ？　悠宇《ゆう》、聞いてなかった？」

「聞いてなかったっすねえ……」

紅葉《くれは》さんはつばの広い帽子《ぼうし》をかぶり、白い編み上げワンピースの水着を着用している。胸の谷間とかえらいことになってるし、くびれと腰《こし》の起伏《きふく》が凄《すさ》まじい。これ選ばれし者にしか許されないやつだ……。

その圧倒的《あっとうてき》芸能人オーラを放つ紅葉《くれは》さんが、俺たちに気づいた。サングラスを胸元《むなもと》に挟《はさ》みながら「あ、ゆ〜ちゃ〜ん♪」と朗《ほが》らかに手を振《ふ》ってくる。前回のあのぶちギレは何だったんだってくらい優《やさ》しい雰囲気《ふんいき》だ。

「いや、なんでいるんですか？　紅葉《くれは》さん、仕事は……？」

「ん〜？　なんでかな〜？」

いや、「うふふっ」って誤魔化《ごまか》そうとしてるよね？　まあ、あんまり踏《ふ》み込んで藪蛇《やぶへび》だったら面倒《めんどう》だし言わないけど。

すると雲雀《ひばり》さんが、ゴムボートを膨《ふく》らませながら小言《こごと》を投げる。

「紅葉《くれは》くん、仕事に対して不誠実だな。もっと真摯《しんし》になるべきだと思うが？」

いや雲雀《ひばり》さん、言えませんよね？

この前から、何かあるたびに仕事を部下に押し付けてるところ見てるんですけど？

「紅葉《くれは》さん。そもそも、モデルなのに日焼けしていいんですか？」

「大丈夫《だいじょうぶ》だよ～。ちょうど来年の夏の新作の撮影《さつえい》があるからね～。どうせだったら、自然に焼きたいな～って♪」

「は？　来年？　丸々一年後の？」

「そだよ～。二年くらいスケジュール埋《う》まってるから、巻きで撮《と》っちゃうんだ～♪」

うわあ、すっげえ。

……すごいんだけど、じゃあなんでこんなところで油売ってるんだよって思わなくもない。これが真の自由を勝ち取った人ってことか。裏で泣いてるマネージャーさんの苦労を思うと悲しくなってくる。

「それより、早くパラソルお願いね～♪」

「あ、はい！」

俺は慌《あわ》ててパラソルを立てながら、その隣《となり》の年上美女を見た。

咲姉《さくねえ》さんは花柄《はながら》のビキニにパレオという格好だった。この柄は……おそらくジリアの花か。けっこう可愛《かわ》いめのチョイスでなんか新鮮《しんせん》だ。俺の視線に気づくと、サングラスの奥からじろっと睨《にら》む。

「実の姉を性的な目で見るのはやめなさい」

「見てないよ⁉」

咲姉《さくねえ》さんは「冗談《じょうだん》に決まってるでしょ」と大きな欠伸《あくび》をする。いくら夜勤明けで眠気《ねむけ》マックスだからって、実の弟にそういう冗談《じょうだん》ぶっこむのはやめてください。

「てか、咲姉《さくねえ》さんもきたんだ？」

「わたしがきちゃ悪いような言い方ね」

「いや、そういう意味じゃなくて。こういうイベント、あんまり興味なさそうだからさ」

「この子がどうしてもって泣きつくからね」

隣《となり》の紅葉《くれは》さんがビクッとした。

慌《あわ》てて咲姉《さくねえ》さんの肩《かた》を揺《ゆ》すりながら、耳元でもにょもにょ言い合っている。

「ちょっと～咲良《さくら》ちゃ～ん。わたしのイメージ壊《こわ》れちゃうからやめてよ～」

「本当のことでしょ。妹に手玉に取られて『わ～ん協力して～』って言ってきたのは誰《だれ》だったかしら。悪女気取ってるくせに、あんた凛音《りおん》ちゃんの前じゃ形無《かたな》しよね」

「ぶ～。自分だって、結局ゆ～ちゃんのこと許してあげてるじゃ～ん。日葵《ひまり》ちゃん引き留めたとき、もう家に入れない追い出してやるって息巻いてたくせに～」

「…………💢」

うわっと⁉　なんかいきなり咲姉《さくねえ》さんが暴れ出した！

「咲姉《さくねえ》さん⁉　パラソル倒《たお》れるから暴れるのやめて！」

「うるっさい。愚弟《ぐてい》はさっさと凛音《りおん》ちゃん迎《むか》えに行ってあげなさい」

紅葉《くれは》さんと取っ組み合いしながら、ゲシゲシと器用に俺の尻《しり》も蹴《け》ってくる。

よくわかんないけど、この人がこうなったら話を聞いちゃくれない。慌《あわ》ててパラソルを固定して、俺の仕事は完了《かんりょう》だ。

そこでようやく、一人足りないのに気づいた。

「てか、その榎本《えのもと》さんは？」

日葵《ひまり》がキャンプ場のほうを指さした。

「えのっちは橋の向こうに行ってるよ」

橋の向こう？

この海水浴場には、山から流れ込む川が繋《つな》がっている。それを越《こ》えられるように、大きな石橋が掛《か》かっているのだ。

そして石橋の向こうが、キャンプ場や水族館のあるエリアになっている。そっちを見ながら、日葵《ひまり》が言った。

「向こうにバーベキューハウスがあるからさー。お昼にそこでカレー作るらしいから、うちのお母さんと予約しに行ってるってわけ」

「あ、そういうことか」

荷物の準備を終えた真木島《まきしま》が、ポンと俺の肩《かた》を叩《たた》く。

「よし、ナツよ。オレも橋の向こうに用事がある。共にゆこうではないか」

「え、なんで？　おまえ、泳がないの？」

「向こうにテニスコートがある。後であの完璧超人《かんぺきちょうじん》と死合《しあ》う予定だからな。遊ぶ前に現場の視察をしておくのだよ」

「あ、そういう……」

あれ？　今、試合って言ったよね？

なんか微妙《びみょう》にニュアンス違《ちが》ったような気がするんだけど……まあいいか。俺には関係ないだろうし……。

「ちなみにオレが勝ったら、ナツがリンちゃんの言うことを何でも聞く権利を得る」

「めちゃくちゃ関係あったな⁉」

まずは景品の承諾《しょうだく》を得るのが必要じゃないか⁉

雲雀《ひばり》さんを見たら、白い歯をキランッと光らせて親指を立てた。今日もエナメル質が絶好調だ。

「悠宇《ゆう》くん、安心してくれ。僕も負ける気はないさ」

「だ、大丈夫《だいじょうぶ》なんですか？　真木島《まきしま》、これでも全国レベルですけど……」

「フフッ。僕もテニスは少々嗜《たしな》んでいてね。高校の頃《ころ》は練習試合の助《すけ》っ人《と》を引き受け、その年の全国優勝ペアに勝利したほどさ」

　マジかよ……。

　雲雀《ひばり》さんってラグビーだけかと思ったら、ほんとに何でもできるんだな。真木島《まきしま》には悪いけど、それなら安心……。

「ちなみに僕が勝ったら、僕が悠宇《ゆう》くんを一日好きにできる権利を得るよ♪」

「全然、安心じゃなかった⁉」

　真木島《まきしま》がカラカラと笑った。

「と、いうことだ。ついでにナツは、リンちゃんを迎《むか》えに行ってやりたまえ」

「……それはいいけど、景品の件はまた後でな」

　一応、釘《くぎ》を刺《さ》しておくけど、あんまり効果はなさそうだ。

　振《ふ》り返《かえ》って、日葵《ひまり》のほうに聞いてみる。

「日葵《ひまり》も行くか？」

「当たり前じゃーん。アタシを忘れちゃ困……る？」

　こっちに駆《か》け寄《よ》ろうとした日葵《ひまり》が、ふと止まった。

　振《ふ》り返《かえ》ると、日葵《ひまり》の足が紅葉《くれは》さんと咲姉《さくねえ》さんに摑《つか》まれている。日葵《ひまり》の顔に、ぎこちない営業スマイルが浮《う》かんだ。

「あ、あれれー？　紅葉《くれは》さん、咲良《さくら》さん。これはどういうことかなー……？」

なぜか頬《ほお》の赤い紅葉《くれは》さんたちが、非常にご機嫌《きげん》そうに手招きする。

「うふふ～。日葵《ひまり》ちゃんはこっち～♡」

「そうよ。美少女はお酌《しゃく》しなさい」

あっ！

さっきまで喧嘩《けんか》してたと思ったら、いつの間にかビール缶《かん》開けてる⁉　朝から海で酒盛りとか、このアラサーたちマジでダメダメだ！

「ゆ、悠宇《ゆう》！　助けてよ⁉」

「あー。酔《よ》った咲姉《さくねえ》さんはちょっと……」

この人あんまり酒飲まないけど、飲むと死ぬほど面倒《めんどう》くさいんだよなあ。ちょっと口に出すのも躊躇《ためら》われるような状態になっちゃうし、できれば関わりたくない。

俺の中で、メンタルの振り子《ふこ》がチクタク鳴る。

そしてゴーンと決着の鐘《かね》を鳴らした。

可愛《かわい》いカノジョの言うことは聞いてあげたい。でも、それはそれとして、咲姉《さくねえ》さんの邪魔《じゃま》して報復を受けたいだろうか？（反語）

「じゃ、日葵《ひまり》。できるだけ早めに戻《もど》ってくるわ」

「裏切者《うらぎりもの》ぉ――――っ⁉」

日葵《ひまり》の悲鳴を背中に受けて、俺たちは石橋に向かった。

♣♣♣

近くにくると、けっこう大きい石橋だった。

横に三人くらい並んで渡《わた》っても余裕《よゆう》ありそうだし、造りもしっかりしている。まあ、もともと家族連れが行き来するための設計だもんな。

「……ん？」

橋の柵《さく》に、何かが引っかけてあった。

鉄の錠前《じょうまえ》だ。百均に売ってるようなやつ。めちゃくちゃ大量に掛かっている。よく見れば、油性マジックで男女の名前が書かれていた。

「何これ？」

「ああ、よくあるやつだ。ロマンチックな場所で永遠の愛を誓《ちか》うという趣旨《しゅし》の遊びだな。夏の海など、テンションに流されて馬鹿なことをするやつが多い」

嘲《あざけ》るように「へっ」と笑う。

「とはいえ、人の心などわからんものだ。こんな黒歴史など残して、後で吠《ほ》え面《づら》かかんとよいがなァ」

「なんか、やけに実感こもってない？」

真木島《まきしま》が扇子《せんす》を畳《たた》んで、柵《さく》の隅《すみ》っこを指す。

俺は身を屈《かが》めて、そこにある錠前《じょうまえ》を手にした。

『しんじ×ゆり』

真木島《まきしま》の下の名前だった。字も見覚えがある。

「おまえ……」

「ナハハ。一年のとき、大学生と付き合った時期があってなァ。ちょっと夢見がちで、こういうのが好きな人だったよ。ちなみに鍵《かぎ》は一週間で失《な》くした」

恐《おそ》ろしい……っ！

なんて恐《おそ》ろしいトラップなんだ……っ！

そう考えると、この場にある錠前《じょうまえ》が愛の結晶《けっしょう》というよりも、もはや怨念《おんねん》の塊《かたまり》のようにも感じる。急に空気が重くなったような錯覚《さっかく》さえあった。ずっといると呪《のろ》われそう。

「ちなみに、この中にあと二つある。どっちも別の女のものだ」

「おまえ、よくそんなところに何度もこれるな……」

「よくある名前だし、その場の空気を大事にしてやらんとすぐ嫌《きら》いになったの何だのと騒《さわ》ぎだすからなァ。リスクとリターンの駆《か》け引《ひ》きだよ」

俺が恐怖《きょうふ》にガクガク震《ふる》えていると、真木島《まきしま》が「おっ」と言って柵《さく》から身を乗り出すようにした。

「あそこにいるのはリンちゃんではないか？」

「え……」

石橋の下を覗《のぞ》き込んだ。

海に流れ込む浅瀬を渡《わた》って、女の子が林の茂《しげ》みに屈《かが》んでいる。後ろ姿しか見えないけど、あの特徴《とくちょう》的な赤みのある黒髪《くろかみ》は間違《まちが》えない。

真木島《まきしま》が扇子を叩いた。

「ふむ。ナツとはここで別行動だな。後でビーチバレーするから、リンちゃんと戻《もど》って準備しておきたまえ」

「え。一緒《いっしょ》に行ってくれないの？」

「アホか。オレがついていったら、邪魔《じゃま》だと叱《しか》られるだろう」

そして俺の心境を察してか、にやっと笑った。扇子《せんす》を開くと、それでビシビシと両頬《りょうほお》を叩《たた》かれる。

「たとえ恋《こい》の相手でなくとも、友人として接することに問題はないはずだ。おまえがリンちゃんのチチしか見ておらんかったというなら話は別だがな？」

「んなわけねえだろ……」

真木島《まきしま》はカラカラ笑うと、一人で行ってしまった。

……そうだな。いつまでも逃《に》げてちゃ始まらない。俺も腹をくくるしかないか。

♣♣♣

石橋を戻《もど》って、浜《はま》に下りる。

榎本《えのもと》さんのほうに歩いていき、ザブザブと浅瀬を渡《わた》っていった。まだ気温が上がりきってない時間だから、水が冷たくて気持ちいい。

榎本《えのもと》さんは背中を丸めて、何かを真剣《しんけん》にスマホで撮っているようだった。緊張《きんちょう》しながら、その背中に声をかける。

「榎本《えのもと》さん」

榎本《えのもと》さんが振《ふ》り返《かえ》った。

いつもの不機嫌《ふきげん》そうなクールな表情が、俺を見てぱっと華《はな》やぐ。

（うぐっ……）

その表情の変化で、俺のハートに１ＨＩＴ。

ダメージにしてライフ半分くらい持ってかれる。海補正で威力《いりょく》３割増し。……相変わらず、この可愛《かわい》さは反則だ。

「ゆーくん。おはよ」

「お、おはよう」

学外でも挨拶《あいさつ》から入るの、めっちゃ新鮮《しんせん》だ。

榎本《えのもと》さんは薄手《うすで》のパーカーを羽織っていた。裾《すそ》からエスニック柄《がら》のショートパンツが覗《のぞ》いていて、まだ水着に着替《きが》えてないように見える。ちょっと残念……いやいや何を言ってんの。さっき真木島《まきしま》に「んなわけねえだろ」って格好よく決めたところじゃん。

「そんなところで何してんの？　日葵《ひまり》のお母さんと、バーベキューハウスを予約しに行ったって聞いたけど……」

「うん。予約終わって、おばさんは水族館行くからわたしだけ戻《もど》ってきたんだけど……あ、ゆーくん。これ見て？」

浅瀬《あさせ》から立ち上がった榎本《えのもと》さんを見て、俺はギクッとなる。

パーカーの下が……黒のビキニだった。

「…………」

ぐっはあっ……！

マジで喀血《かっけつ》するかと思った。不意打ちにもほどがある。理性が旅支度《たびじたく》するのを、慌《あわ》てて引き留めた。

落ち着け俺。さっき真木島《まきしま》に「んなわけねだろ」って格好よく決めたところじゃん⁉

「ゆーくん？」

「あ、いやその……すごく開放的っていうか、普段《ふだん》とギャップがあるっていうか……あ、でも榎本《えのもと》さんって綺麗《きれい》系だし、そういう攻《せ》めてる感じの似合ってると思います。花を添《そ》えるなら、えっと、やっぱ薔薇《ばら》がいいかな」

俺が精いっぱいの語彙力《ごいりょく》を動員して感想を述べる。

あれ？　榎本《えのもと》さん、なんか不思議そうな顔だ。言葉にするなら「何言ってんだこいつ？」って感じ。

……見ろって、水着じゃなくて？

榎本《えのもと》さんは俺の視線を敏感《びんかん》に察すると、ささっとパーカーの前を合わせて隠《かく》す。

「そっちじゃない……」

「えっ⁉　あ、ごめんなさい……」

この勘違《かんちが》い、恥《は》ずかしすぎないか？

だってしょうがないだろ。この子、衣替《ころもが》えしたからってわざわざ夏服見せにくるような子なんだよ。空気読まなきゃって思うことが罪だろうか？（反語）

しかし榎本《えのもと》さんは俺の持論など知らず、じとーっとした顔で人差し指をビシッと立てた。

「ゆーくん。ひーちゃんと付き合うことにしたなら、他の女の子にそういう口説《くど》き文句《もんく》っぽいこと言うのよくないと思う」

「はい。おっしゃる通りです……」

申し訳なし……と頭を下げる。

榎本《えのもと》さんは「わかったらよし」って感じで、厳《おごそ》かに両腕《りょううで》を組んだ。その拍子《ひょうし》に大きなバストが持ち上がってえらいことになっている。……それ無意識？　本当に無意識なの？　俺、試《ため》されてるわけじゃないよね？

「なので、今度からはわたしだけにすること。ゆーくん、いいよね？」

「はい。わかりまし……た？」

今、流れが変じゃなかった？

榎本《えのもと》さんの重そうなバストに意識が持っていかれて、つい聞《き》き逃《のが》してしまったようだ。

「今、榎本《えのもと》さんが除外された気がするけど？」

「そう言ったけど？」

ははーん。どうやら俺の恥《は》ずかしい妄想《もうそう》じゃなかったようだ。

てか、なんで榎本《えのもと》さん不思議そうに聞き返すし。この子、またとんでもないこと平然と言うね……。

「榎本《えのもと》さん？　それもよくないと思うんだけど……」

「でも、わたしたち親友《しんゆう》だよね？」

「そ、それはそうだけど……」

んんー？　なんか話が変な方向に行ってない？

いかん。ここで押し切られちゃいけない気がする。具体的に言うと、また日葵《ひまり》がヒスる事態に陥《おちい》る予感しかない。

(榎本《えのもと》さんには申し訳ないけど、俺は心を鬼《おに》にする……っ!)

みたいな決意を固めた瞬間《しゅんかん》。

榎本《えのもと》さんはもじもじとパーカーの紐《ひも》をいじりながら、ちらっと上目遣《うわめづか》い。

「わたしだって頑張《がんば》ったんだし、ご褒美《ほうび》ほしい」

俺の残りのライフが吹《ふ》き飛《と》んだ。

日葵《ひまり》が魔性《ましょう》なら、こっちは天然の核弾頭《かくだんとう》か⁉ 俺が動揺《どうよう》を顔に出さないように必死に耐《た》えていると、榎本《えのもと》さんが俺のパーカーの裾《すそ》を引く。

「わたし、ひーちゃんを引き留めるとき頑張《がんば》ったよね?」

「う、うん。それはもう感謝しきれないよ」

榎本《えのもと》さんは満足そうにうなずく。

「じゃあ、わたしだけはゆーくんの特別だよね?」

「………」

すっげえこの子。

日葵《ひまり》も口達者《くちだっしゃ》だけど、あっちは小手先タイプ。

でも榎本《えのもと》さんの主張はシンプルに強い。しかも俺に同意を求めてるように見えて、ただ宣言してるだけ。さすが紅葉《くれは》さんの妹だ……。

「……榎本《えのもと》さん。もしかして最初から、これ狙《ねら》ってた？」

榎本《えのもと》さんはしばらく無表情で黙《だま》り込んだ後……。

頰《ほお》を染めながら、花のように可憐《かれん》な笑顔《えがお》を浮《う》かべた。

「えへ」

くっそ可愛《かわい》いな！

こんな笑顔《えがお》見せられたら「まいっか」ってなるに決まってんだろ。

「ということで、ゆーくん。もう一回、似合うって言って」

「おおっと、まさかの羞恥《しゅうち》プレイ……」

やめて。「はよ言え」って感じで俺を揺《ゆ》するのやめて。その反動で揺《ゆ》れるから。何がとは言わないけど、ちょっと目に毒だから。

「あの、その……すごく似合ってる。マジで可愛《かわい》いです」

もう恥《は》ずかしすぎて、榎本《えのもと》さんの顔見れない……。

榎本《えのもと》さんはパーカーの裾《すそ》で顔を隠《かく》すようにしながら、てれてれとはにかんだ。

「これも計画通り……なんちゃって」

畜生《ちくしょう》、可愛《かわい》いな!!

この羞恥《しゅうち》プレイ心臓に悪すぎだけど、榎本《えのもと》さんが喜んでくれるならいいか……。そう思っていると、榎本《えのもと》さんがいそいそとパーカーの前を閉じた。

「あれ？　どうしたの？」

「ゆーくんが褒《ほ》めてくれたから、あとは封印《ふういん》する」

あ、そういう……。

さすがに視線対策慣れてんなあ……。

「榎本《えのもと》さん。それより、さっきは何を見てたの？」

「あ、そうだ。こっち！」

榎本《えのもと》さんに連れられて、林のほうに目を移した。

そこに上品な白い花が咲《さ》いていた。白く細長い六枚の花被《かひ》が、それぞれが外側に反《そ》り返《かえ》るように咲《さ》く。たくさんのそれが、茎《くき》の先端《せんたん》から散形に咲《さ》いていた。

「あ、これは……」

「待って」

ビシッと手のひらを向けて止められる。

なんだと思っていると、榎本《えのもと》さんがどや顔で言った。

「わたしが当てるね」

「え、マジで？　これ、けっこう難しいけど……」

今日の榎本《えのもと》さん、なんかアクティブだなあ。これが夏の海の魔力《まりょく》か……。

俺が答えを促《うなが》すと、榎本《えのもと》さんが自信満々に答えた。

「これはハマユウ。ヒガンバナの仲間で、暖かい海の近くで見られる海浜植物《かいひんしょくぶつ》。ハマユウのユウは、神社での神事のときに使われる木綿《ゆう》っていう白い布に似てることから呼ばれてるの。浜《はま》の木綿《ゆう》で、ハマユウだよね」

そう言って、期待を込《こ》めた表情で見る。

俺は「おおーっ！」と拍手《はくしゅ》した。

「すごい！　正解だ！」

「やった」

そう言って、ぐっと拳《こぶし》を握《にぎ》る。めっちゃ可愛《かわい》い。また何回も言わされるから、絶対に口には出さないけど。

「よく知ってたね。まさか名前の由来まで知ってるとは思わなかったよ。海のそばでしか見られないから、あんまり馴染《なじ》みのある花じゃないし」

「予習してきたの。ゆーくんのことだから、たぶん海の花を探しに行くんだろうなあって思って」

「うわあ。ドンピシャすぎて何も言えない……」

そこまで読まれるとは。

俺が何とも言えない微妙《びみょう》な気分になっていると、ふと榎本《えのもと》さんが言う。

「ゆーくんがいつも通りでよかった」

「え？　どういうこと？」

榎本《えのもと》さんが物思いに耽《ふけ》るように、ハマユウの花被《かひ》を指でなぞる。

「ひーちゃんと付き合うことにして、これまでのゆーくんじゃなくなったらどうしようって思ってた。今までのゆーくんだったら、いきなり水着褒《ほ》めたりしなかったもん。だから、ハマユウのこと言えたとき、ゆーくんが嬉《うれ》しそうにしてくれてよかった」

そう言って、にこりと微笑《ほほえ》む。

「わたしもゆーくんの夢、ちゃんと一緒《いっしょ》に追いかけるから」

「…………」

その言葉に、俺は呆気《あっけ》に取《と》られていた。

すると榎本《えのもと》さんは照れたように顔を背《そむ》けた。俺の手を取って、ぐいぐいと日葵《ひまり》たちのほうに引いていく。

「ゆーくん、行こ」

「あ、うん……」

その一言を胸にしまいながら、俺は白い花を振《ふ》り返《かえ》る。

ハマユウの花言葉は――『汚《けが》れのない』。

己《おのれ》の技《わざ》を神に捧《ささ》げるとき、そっと人に寄《よ》り添《そ》う純白の花。

美しく、まっすぐで、その優《やさ》しさを貫《つらぬ》ける強さを持つ存在。

「榎本《えのもと》さん。真木島《まきしま》が戻《もど》ってくるまでどうする？　せっかくだし泳ぎ……」

「やだ」

「え、即答《そくとう》とか……」

「だって、パーカー脱《ぬ》がなきゃいけなくなるもん」

「あ、そういう……」

他愛のないことを話しながら、頭の片隅《かたすみ》で思う。

（……榎本《えのもと》さんって、ハマユウみたいだよね）

俺たちの繋《つな》いだ手は、こんなに熱いのに。

その一言は、どうしても言えなかった。

♣♣♣

それぞれ準備を終えて、再びビーチに集合。

俺たち男子《だんし》陣《じん》も水着に着替《きが》えて、真木島《まきしま》の宣言通りビーチバレーでもやろうかってなったんだけど……。

「そもそも、ビーチバレーってどうやるの？」

「あ、アタシもルールよくわかんないかも。普通《ふつう》のバレーと一緒《いっしょ》？」

榎本《えのもと》さんがビシッと手を上げた。

ささっとスマホでググり、ルールを見てくれる。頼《たよ》りになるなあ。

「うーん。基本ルールは一緒《いっしょ》だけど、勝利の得点とかネットの高さとか、微妙《びみょう》に違《ちが》うみたい。しーくん、どうする？」

真木島《まきしま》が三本の指を立てた。

「ルール1、対戦人数は2対2。

ルール2、タッチ3回以内に相手にボールを返す。

ルール3、とりあえず先に21点取ったほうが勝ち。素人《しろうと》の遊びだし、きっかり厳正でなくともよかろう。そもそもネットもないしな」

「いいんじゃないか。肝心《かんじん》のチーム決めはどうする？」

「やりたいものでその都度《つど》組めばよかろう。審判《しんぱん》も余ったものが適当にな」

「オッケー。じゃあ、俺は観戦を……」

パラソルに戻《もど》ろうとすると、ガシッと両肩《りょうかた》を摑《つか》まれた。

振《ふ》り返《かえ》ると、真木島《まきしま》と雲雀《ひばり》さんがにこやかーな笑顔《えがお》を浮かべている。めっちゃキラキラしてて逆に怖《こわ》いんですけど……。

「ナハハ。ナツよ、それは笑えんジョークだな？」

「ハッハッハ。悠宇《ゆう》くん。もちろんお義兄《にい》ちゃんと組むだろう？」

ひえっ。

この人たち、なんで真っ先に俺を引《ひ》きずり込もうとしてんの？　陽キャのビーチバレーって、こう男女が混じってわいわいするのが楽しいはずでは？

「いや俺もやるつもりだけど、いきなりってのは……」

「こら完璧超人《かんぺきちょうじん》。何をさりげなくお義兄《にい》ちゃんアピールしておるのだ？　こいつはリンちゃんとくっつけると言っておるだろう？」

「ハッハッハ。慎司《しんじ》くんの目は節穴《ふしあな》かい？　悠宇《ゆう》くんは！　今！　僕の実妹《いもうと》たる日葵《ひまり》のワイフなのだよ！　いい加減、その事実を認めてはどうだい？」

「ナハハ。それは現在のことであろう？　10年……いや5年後、同じように勝《か》ち誇《ほこ》っていられるか見ものだなァ？」

「フフッ。慎司《しんじ》くん、ずいぶん必死だね？　自信のないものほど吠《ほ》えるものだが、きみのそれもとても可愛《かわい》い威嚇《いかく》じゃないか」

いや聞けや。

なんで俺を放《ほ》ったらかしにして二人で勝手にバチバチやってんの？　この前から思ってたけど、二人とも実は絶対仲いいよね？　あと自然に流しちゃってるけど、ワイフは奥《おく》さんのほうな!!

「それじゃあ、じゃんけんで決めましょうか……」

公正なるじゃんけんにより、俺と雲雀《ひばり》さん、真木島《まきしま》と榎本《えのもと》さんチームに決まった。浜《はま》にコートを描《えが》いて二手に分かれる。

「榎本《えのもと》さん。意外にスポーツ好きなんだね」

「うん。ゆーくんとバレーするの楽しみ」

お手柔《てやわ》らかに……と言いかけたとき、榎本《えのもと》さんがぼそっと付け加える。

「……勝ったらゆーくんと一日デート権だし」

「ねえ⁉　今、なんて言った⁉　榎本《えのもと》さん⁉　おい真木島《まきしま》も！」

二人はしれーっとした顔でスタンバイする。

雲雀《ひばり》さんに目を向けると、最高のスマイルで肩《かた》を叩《たた》いてきた。

「ハッハッハ。勝負は、リスクがあったほうが燃えるものさ」

「勝手に約束して……。ちなみに、俺たちが勝ったら？」

「僕が悠宇《ゆう》くんと一日デート権だよ♪」

「勝っても負けても地獄《じごく》……」

そもそも日葵《ひまり》に話通してるの？

これ、あとで怒《おこ》られるの俺になりそうなんだけど……。

「おい真木島《まきしま》、審判《しんぱん》はどうする？」

「向こうにたくさんおるだろう」

指さしたほうを見ると、パラソルの下で女性陣《じん》がジュースや酒を飲んでいた。

日葵《ひまり》が「悠宇《ゆう》。愛《いと》しいカノジョが見てるぞー♡」って手を振《ふ》ってくれる。ただその尻《しり》が、酔《よ》っ払《ぱら》って寝《ね》こけてる咲姉《さくねえ》さんの枕《まくら》になっていているんだが……。

「おーう。日葵《ひまり》もちゃんと見て……」

つい頬《ほお》を緩《ゆる》ませながら、そっちに応《こた》えようとした。

その瞬間《しゅんかん》、向こうのコートからじと〜〜〜っとした視線を向ける榎本《えのもと》さんに気づく。

「…………………うす」

あまりの圧に、つい反抗《はんこう》期の中学生みたいな態度になってしまった。真木島《まきしま》が扇子《せんす》で口元を隠《かく》しながら肩《かた》を震《ふる》わせているのを見て、コホンと咳《せき》をする。

最初のサーブは、榎本《えのもと》さんだ。

やけに張り切った感じで、アンダーサーブでボールを打った。同時にパーカー前閉じでは隠《かく》しきれないバストが揺《ゆ》れる。すげえ。これが陽キャのビーチ遊び……。

そして緩《ゆる》めに舞《ま》い上《あ》がったボールが、風のない空を飛んでコートに入ってくる。それを雲雀《ひばり》さんが、華麗《かれい》なフォームでレシーブした。ボールは絶妙《ぜつみょう》のコントロールによって、まるで俺に吸い寄せられるように舞《ま》う。

バレーなんて、マジで体育でしかやったことない。おっかなびっくり、それをトスした。ボールは思ったよりも高めに舞《ま》った。

ほっと息をつく。あとは、それを雲雀《ひばり》さんが返すだけだ。

ふわりと浮《う》いたボールと太陽が重なった瞬間《しゅんかん》——。


——大鷲《おおわし》が、舞《ま》った。


一瞬《いっしゅん》、そう幻視《げんし》した。

雲雀《ひばり》さんが空中でスパイクの構えを取る。鞭《むち》のようにしなる筋肉。躍動《やくどう》する筋肉。よくわかんないけど、全身の筋肉がまるで別の生き物のように跳《は》ねた。

あまりに完璧《かんぺき》なフォームだった。

しかし男ですら見惚《みと》れるその美しさと反して……なーんか、嫌《いや》な予感がする。そう思った瞬《しゅん》間《かん》、雲雀《ひばり》さんの表情が修羅《しゅら》の如《ごと》く歪《ゆが》んだ。


——————ズドォンッ!!

まるで大砲《たいほう》のような鈍《にぶ》い音が轟《とどろ》いた。

真木島《まきしま》の足元でギュルギュルギュルッと回転するボールが、砂を周囲にまき散らしながら浜《はま》にめり込んでいく。やがて動きを止めたとき、ボールの半分くらいが埋《う》まって変な煙《けむり》を出していた。……この焦《こ》げ臭《くさ》いの、俺の気のせいだよな？

振《ふ》り返《かえ》った雲雀《ひばり》さんが、歯磨《はみが》き粉《こ》のＣＭみたいな爽《さわ》やかな笑顔《えがお》で親指を立てる。もちろん、白い歯がキラーンッと光った。

「お義兄《にい》ちゃんの雄姿《ゆうし》、見てくれたかい？」

「絶対にやりすぎでしょ⁉　真木島《まきしま》を殺す気ですか⁉」

雲雀《ひばり》さんが髪《かみ》を掻《か》き上げ、爽《さわ》やかに笑った。

「まさか。そんなつもりはないさ。ただし……」

言いかけて、ちらっと真木島《まきしま》を一瞥《いちべつ》する。

雲雀《ひばり》さんの顔には——悪魔《あくま》のような冷笑《れいしょう》が張り付いていた。

「この程度でチビッてしまうというなら、僕を超《こ》えるというライフワークもお遊戯《ゆうぎ》程度、ということだね？」

「————あァんッ⁉」

真木島《まきしま》の額に、くっきりとした青筋が浮《う》かんだ。

足元のビーチボールを引《ひ》っ摑《つか》むと、俺に投げてよこす。

「ナツ‼　そっちのサーブだ！」

「お、おう。わかった……」

雲雀《ひばり》さんの可愛《かわい》がり、えげつねぇ……。もしかしてこれが普段《ふだん》、日葵《ひまり》だけに見せてるっていうブラック雲雀《ひばり》さんの片鱗《へんりん》なのかな……。

それからは悲惨《ひさん》だった。バッコンバッコンと、およそビーチバレーとは無縁《むえん》の打撃音《だげき》が浜辺《はまべ》に響《ひび》く。

「てか、二人とも！　お互《たが》い顔面狙《ねら》うのやめて!?」

真木島《まきしま》と雲雀《ひばり》さんが、ハッと修羅《しゅら》の笑《え》みを浮《う》かべる。

「ナツ、止めるな！　これはどちらが先に息の根を止めるかという勝負なのだ!!」

「フフッ。久々に血沸《わ》き肉躍《おど》るね！　こんな命のやり取りは大学ラグビーで出場した花園《はなぞの》以来さ！」

ビーチバレーってそういうルールじゃねえから!!

俺と榎本《えのもと》さんは、そそっと距離《きょり》を取った。もはや二人のスパイク&レシーブ勝負となっている。俺たちはボールをトスするだけのマシーンと化していた。

俺がトスを上げたせいで、誰《だれ》かが死ぬかもしれない……なんで身内のビーチバレーでこんな悲壮《ひそう》な気持ちを味わわなきゃいけないんだよ。

（てか、マジでラリー長ぇなあ……）

基本的に雲雀《ひばり》さん優勢なんだけど、それに食らいついてる真木島《まきしま》がすごい。技術というより執念《しゅうねん》が凄《すさ》まじいのだ。俺なら絶対3分持たない。

30分以上も続くバトルに、観客の日葵《ひまり》たちもうんざりしていた。これ、どうやったら終わるんだろうな……。

「んん？」

パラソルのほうが賑《にぎ》やかだった。

なんか人数多いなあとか思ったら、知らん男たちが女性陣《じょせいじん》に言い寄っている。こっちが勝負に白熱しすぎて、向こうが別グループだと思われちゃったらしい。

大学生くらいかな？　すげえ嬉《うれ》しそうに遊びに誘《さそ》ってる。まあ、あそこだけ顔面偏差値《がんめんへんさち》バグってるからなあ……。

日葵《ひまり》は「アタシ、カレシいるんでー」と素《そ》っ気《け》ない。……なんかカノジョのナンパ対応が熟《こな》れすぎて助けを求めてこないあたり、ちょっと寂《さび》しい思春期の心地《ここち》。

咲姉《さくねえ》さんも相変わらず寝《ね》てる。唯一《ゆいいつ》、紅葉《くれは》さんだけニコニコ笑顔《えがお》でお話していた。一番の大物感すごいし、ナンパーズが脈アリかって感じでアクセルベタ踏《ふ》みで盛り上がる。

でも、なんか妙《みょう》だな。

紅葉《くれは》さんがその気なら、さっさとついてってると思うんだけど。……あ、こっち見たような気がする。

「ん～？　どこ連れてってくれるのかな～？」

「おれらが借りてるキャビンに、面白《おもしろ》いのたくさんありますよ！」

「え～？　そんなこと言って、えっちなことするつもりでしょ～？」

「いやいや！　そんなことないっすよーっ‼」

どっかで聞いたような会話を繰《く》り広《ひろ》げるナンパ現場。

気がつけば、俺もドキドキしながら状況《じょうきょう》を見守っていた。……ん？　そういえば、さっきからレシーブのボール回ってこねえな。それに爆裂弾《ばくれつだん》みたいなスパイク合戦もピタッと止《や》んでいるような……あっ。

紅葉《くれは》さんがあの人形のような冷たい微笑《びしょう》を浮かべながら、パンッと両手を叩《たた》く。その拍子《ひょうし》にたゆんと揺《ゆ》れる胸にナンパーズたちは釘付《くぎづ》けだ。

……そのせいで、背後に迫《せま》る災害に気づかない。

「そんなに言うなら、ちょっと見にいっちゃおっかな～⁇」

「やりィ！　それじゃ、行きま…………しょ？」

ぐわしっと後ろから肩《かた》を摑《つか》まれて、ナンパーズはようやく異変に気づく。

日葵《ひまり》が荷物を持って、そそそーっとパラソル下から退避《たいひ》した。それと同時に振《ふ》り返《かえ》ったナンパーズたちは…………二人の笑顔《えがお》のイケメンに遭遇《そうぐう》する。

「いや、行くのは僕たちだ。その面白《おもしろ》そうなもの、ぜひ興味があるな♪」

「ナハハ。こんなファミリー向けビーチでナンパ行為《こうい》など寒すぎる。そういう空気が読めんからモテんのだよ」

目が笑ってねえんだよなあ……。

その優男《やさおとこ》たちから放たれる謎《なぞ》の瘴気《しょうき》に、ナンパーズたちが戦意を喪失《そうしつ》する。そのままズルズルと連れていかれてしまった……。

昔から綺麗《きれい》なバラにはトゲがあるっていうけど……どっちかっていうと、ウツボカズラって感じだ。あのパラソル、俺ですらもう近づきたくない。

「うふふ～っ。雲雀《ひばり》くんも慎司《しんじ》くんも可愛《かわい》い～♡」

「紅葉《くれは》さん。今の狙《ねら》ってました？」

「ん～？　どうかな～？」

すっとぼけながら、その表情からは「あの二人は絶対助けるもんね～」って自信がありありと見える。

まあ、おかげでデスビーチバレーも終わったし。……あ、もしかしてソレ込《こ》み？　やっぱこの人が一番えげつねえわ。魔王《まおう》の称号《しょうごう》は伊達《だて》じゃない。

そんなことを話していると、向こうからビーチボールが飛んできてぽこんと俺の頭に命中する。

振《ふ》り返《かえ》ると、日葵《ひまり》と榎本《えのもと》さんが手を振《ふ》っていた。

「ゆっう～。お兄ちゃんたち帰ってこないし、二回戦やろー」

「マジか。俺、疲《つか》れてんだけど……」

「咲良《さくら》さん寝《ね》てるから、姉弟《きょうだい》として責任取ってよー」

「……ハア。しょうがねえな」

俺はボールを拾うと、そっちへと歩いていった。

♣♣♣

昼過ぎ。

昼食に日葵《ひまり》のお母さんが準備してくれたカレーを頂き、ちょっと休憩《きゅうけい》を挟《はさ》む。それから忙《せわ》しなく準備に取《と》り掛《か》かった。

いよいよ、本日のメインイベントがやってきた。

俺たち高校生組は雲雀《ひばり》さんの前に並んで、その説明に耳を傾《かたむ》ける。

「それじゃあ、今からSUPの手順をレクチャーしよう」

はーい、と声を上げた。

SUPサーフィン。

スタンドアップパドル・サーフィンの略称《りゃくしょう》だ。

近年、人気の高まっているマリンスポーツの一つ。ちょっと大きめのボードを使って海上で遊ぶアクティビティだ。

普通《ふつう》のサーフィンと違《ちが》うのは、波に乗るのではなく、海上ツーリングを楽しむものだという。俺も初めてだからよくわからないけど、雲雀《ひばり》さん曰《いわ》く『どちらかと言えばカヌーに近い』らしい。ますますわからん。

雲雀《ひばり》さんが、細長いオールを手渡《てわた》してくれた。サーフィンなのにオール？

「これがパドルだよ。海の上でボードに乗ったら、これで海を掻《か》いて進むんだ」

「あ、なるほど。それでカヌーに近いってことですね」

空気を入れて膨《ふく》らませるタイプのボードを借りる。かなり大きいと思ったら、二人乗りのものらしい。

「それじゃあ雲雀《ひばり》さんが一緒《いっしょ》に乗ってくれるんですか？」

「いや、僕は他に用事があるからね」

用事？

そう思って見ると、真木島《まきしま》が浜《はま》に小さなフラッグを立てている。ビーチフラッグをするようだ。その目がメラメラと燃えていて、もうなんか触《ふ》れるのも躊躇《ためら》われる感じだ。

俺たちが昼食休憩をしているとき、テニスで勝負して惨敗《ざんぱい》したのだ。……自分の得意分野で実力差をわからされ、萎《な》えるどころか逆に燃えてしまったらしい。真木島《まきしま》って実はアツい性格してるよなあ。ちょっと新発見だ。

「……雲雀《ひばり》さん、頑張《がんば》ってください」

「ハッハッハ。まだまだ若者には負けないさ」

それから簡単にやり方を教わる。

一通り練習すると、一応、ライフジャケットを被《かぶ》って準備した。

「じゃあ、日葵《ひまり》。一緒《いっしょ》に……」

目の前で、榎本《えのもと》さんがビシッと手を上げていた。その目がキラキラと輝《かがや》いていて、いかにもご指名待ちという感じだ。可愛《かわい》い。

「ゆーくん。わたしがやりたい」

「あ、えのっち！　アタシが先でしょ⁉」

バチッと女子二人の間に熱い火花が散る。

「ひーちゃん。じゃんけん」

「……異議なし」

女子高生二人がじゃんけんとか。

いや、いいけどさ。このまま話し合っても終わらなさそうだし。

二人は無言で利《き》き腕《うで》を差し出す。おもむろにそれを上下に振《ふ》りながら、お決まりの文句からスタートする。

「「じゃんけん、ぽん！」」

日葵《ひまり》がパー！

榎本《えのもと》さんもパー！

そしてもう一人がチョキ！

……もう一人？

俺たちは三人目に視線を向ける。

咲姉《さくねえ》さんだった。

「わたしの勝ちね」

え、何なの？　いきなり割り込んできたんだけど？　咲姉《さくねえ》さん、そんなにSUPサーフィンしたかったの？　とか混乱していると、咲姉《さくねえ》さんがひょいっと日葵《ひまり》を担《かつ》いだ。

「じゃ、日葵《ひまり》ちゃん借りてくわよ」

「ちょーっ!?　咲良《さくら》さーん！」

日葵《ひまり》がじたばたするのを、脇《わき》から顔を出した紅葉《くれは》さんが抑《おさ》える。

「日葵《ひまり》ちゃんは～、こっちで女子会しよ～ね～☆」

「なんでー!?　さっきからアタシの邪魔《じゃま》ばっかりしてない!?」

咲姉《さくねえ》さんがフッと笑う。

「愚弟《ぐてい》とはいつも遊んでるでしょ。たまには未来のお義姉《ねえ》さんへポイント稼《かせ》ぎしなさい」

「そういうことで～、ゆ～ちゃんは凛音《りおん》と仲よくね～♪」

ああ、連れ去られてしまった……。

嵐《あらし》のように去っていったうちの姉さんたちに唖然《あぜん》としていると、榎本《えのもと》さんはルンルン気分で俺の手を取った。

「じゃ、ゆーくん行こ？」

「あれの後で平常運転とかメンタル強すぎませんかねえ……」

まあ、いいか。日葵《ひまり》とは後で一緒《いっしょ》に乗ればいいし。まずは榎本《えのもと》さんと一緒《いっしょ》にやってみて、コツを摑《つか》んでおこう。

一緒《いっしょ》にボードを抱《かか》えて海に入った。

「えーっと。まずは膝《ひざ》くらいの深さで、ボードを浮《う》かべる」

波のない日だ。

ボードは難なく水面に浮《う》いた。これに二人で座るらしいけど……。

「おお。ほんとに乗れた……」

足を乗せた途端《とたん》に、すてんと横転するかと思ったけど全然そんなことはなく。

普通《ふつう》のサーフボードよりも、かなり分厚いボードだ。それだけ空気が詰《つ》まってるってことでもあり、その浮力《ふりょく》は凄《すさ》まじい。

なんか独特な感触《かんしょく》だった。この足元の頼《たよ》りなさにもかかわらず、謎《なぞ》の安定感がある。ハンモックに乗って波に揺《ゆ》られてる感じと言えばいいのか。

「榎本《えのもと》さんも乗った？」

「う、うん。大丈夫《だいじょうぶ》……」

振《ふ》り返《かえ》って確認《かくにん》すると、ちょっと緊張《きんちょう》気味にボードの両端を摑《つか》んでいる。

さっきはあんなにノリノリだったけど、いざやると少し怖《こわ》いのかな。いつもの榎本《えのもと》さんには
ない感じがして、すごく新鮮《しんせん》。

二人でパドルを使い、沖のほうへと進んでいく。

……これ、めちゃくちゃ難しいな。二人分だから、その分、強く海を搔《か》かなきゃいけない。

そのためには、二人で息を合わせる必要があった。

一応、古典的な手段としてかけ声をやってみる。

「榎本《えのもと》さん、せーの！」

「うん！」

ザブン。

……おお、ちょっといい感じだ。思ったより動きがシンクロしてる。

少し進んでから振《ふ》り返《かえ》ると、浜のほうで雲雀《ひばり》さんがグッと親指を立てていた。どうやら、そ
ろそろ立ってもいい頃合《ころあ》いのようだ。

「榎本《えのもと》さん、ちょっと立ってみるね」

慎重《しんちょう》に、慎重《しんちょう》に……。

……おお。立てた。

すげえ。立っただけで、なんか視界が一気に広がった感じがする。水平線が近い感じって言えばいいのか。このままどこまでも行けそう……いや行かないけど。日葵《ひまり》を置いてどこにだって行くもんか。

ええっと、身体《からだ》の向きは斜《なな》めに、直立よりは少し中腰《ちゅうごし》で……。

どうにか落ち着いたけど、いい意味でドキドキしてる。これ、楽しいかもしれない。ちょっとハマりそう……。

「榎本《えのもと》さんも立ってみる？」

というか、立ってほしい。

このままだと、榎本《えのもと》さんに俺の尻《しり》を見せながら海上ツーリングすることになってしまう。それだけは阻止《そし》しなければと思っていると、榎本《えのもと》さんは「やってみる……」と緊張《きんちょう》気味に立ち上がろうとして……。

「ゆーくん！　手、手！」

「あ、うん」

思いがけない大声に、とっさに腕《うで》を伸《の》ばした。

それにガシッと摑《つか》まると、榎本《えのもと》さんがおっかなびっくり立ち上がろうとする。脚《あし》を震《ふる》わせる様子が、まるで生まれたての小鹿みたいだ。

いや、怖《こわ》いのはわかる。俺もそうだった。でもこのボードは見た目より安定感があるし、落ち着いてやれば大丈夫《だいじょうぶ》だ。

問題はこう、俺の腕《うで》にぎゅーっと抱《だ》き着《つ》く榎本《えのもと》さんの感触《かんしょく》……。必死なのは可愛《かわい》いけど、その分、遠慮《えんりょ》なく押し付けられる感じがして……。

（ああ――――……っ‼）

心の中だけで叫《さけ》んだ。

ライフジャケットあってよかった！

ライフジャケットあってよかった‼

もしなかったら、絶対にボードひっくり返しちゃってる。榎本《えのもと》さんも乗ってるんだし、それはよろしくない。

頑張《がんば》れ、俺の表情筋。今だけ俺はめっちゃクール。クールな男だぞ！

「……ふぅ」

榎本《えのもと》さんは立ち上がって、汗《あせ》を拭《ぬぐ》った。

前髪《まえがみ》が額《ひたい》に張り付いて可愛《かわい》いけど、それを鑑賞《かんしょう》してる心の余裕《よゆう》はない。

「じゃ、じゃあ、もうちょっと進んでみよっか」

「うん……」

二人でパドルを回して、海を搔《か》いていく。

「せーの！　……んん？」

掛《か》け声《ごえ》が途切《とぎ》れた。

突然《とつぜん》、背中に温かな感触《かんしょく》があたる。榎本《えのもと》さん……だけど、この体勢は榎本《えのもと》さんが縋《すが》りついてる感じだ。

てか、なんだろう。なんか俺まで緊張《きんちょう》して、さっきまで聞こえてたはずの波の音とかが遠く感じる。

「ゆーくん。大事なこと、言っていい？」

「え、榎本《えのもと》さん……？」

俺の心臓が、とくんと跳《は》ねた。

背中に感じる榎本《えのもと》さんの鼓動《こどう》も、とくとくと早鐘《はやがね》を打つ。彼女がすごく緊張《きんちょう》しているのがわかる。

かすれた声を絞《しぼ》り出《だ》すように言った。

「こんなこと言われたら困るかもしれないけど、ちゃんと聞いてほしい……」

「う、うん……」

急に体温が上がった。

これは、マズい気がする。何を言うのかわからないけど、雰囲気《ふんいき》がよくない。この広くて青い海の上で二人っきり。完璧《かんぺき》にロマンチック。

陰《いん》キャでも、このシチュエーションが何を示しているのかくらいわかる。てか、この前の日葵《ひまり》と行ったヒマワリ畑の一件の既視感《デジャヴ》しかない。

これは、よくない。

俺は榎本《えのもと》さんとは、いい友だちでいたいのに——……。

「わたし、泳げない」

「なんで今、言ったあーっ⁉」

どおりでさっきから震《ふる》えてると思ったよ⁉　そりゃ泳げないのに海の上にいたら緊張《きんちょう》しちゃうよね！

俺は慌《あわ》てて、パドルで方向転換《てんかん》を試みる。

「も、戻《もど》る戻《もど》る！」

「ダメ。ちゃんとエスコートして」

畜生《ちくしょう》！　洋菓子店《ようがしてん》で鍛《きた》えられた腕力《わんりょく》で、俺の腕《うで》がホールドされてる！

なんで泳げないのに、こんなに強気なの？　吊《つ》り橋《ばし》効果でいつものどや顔が三倍くらい可愛《かわい》く感じちゃうなオイ！

「あ、水が怖《こわ》いとかじゃないし。浮《う》き輪《わ》があれば大丈夫《だいじょうぶ》なタイプ」

「……つまり水泳が苦手ってこと？」

榎本《えのもと》さんがこくりとうなずいた。

そして忌々《いまいま》しそうに自身の胸のあたりを睨《にら》む。

「中学くらいまでは普通《ふつう》に泳げたんだけど……」

「あ、そういう……」

その一言でわかってしまった。

どおりで榎本《えのもと》さん、運動神経悪くないのにときどきドジっぽく転んだりすると思った。一部の重さのせいで、とっさのバランス感覚を取るのが難しいのかな。

じゃあ、今はライフジャケットあるから大丈夫《だいじょうぶ》か。もし転覆《てんぷく》したときは、ボードに掴《つか》まって浜《はま》まで泳いで戻《もど》ればいいって雲雀《ひばり》さんも言ってたし。

「じゃあ、沖には行かずにぶらぶらしてようか？」

「うん。それがいい」

榎本《えのもと》さんが可愛《かわい》く了承《りょうしょう》。

そういうことで、パドルを緩《ゆる》く回しながら海上ツーリングを楽しむ。

SUPサーフィンは、海の上で何かをするのが楽しいって雲雀《ひばり》さんが言っていた。体幹が鍛《きた》えられるから、ヨガなどのエクササイズを楽しむ人もいる。

さらに熟練者になると、このボードの上に荷物を載《の》せて釣《つ》りをする人もいるらしい。水面との距離《きょり》が近いから、岸辺でやるのとは違《ちが》った楽しさがあるのだとか。

俺たちはボードの上に座って、防水ケースに入れたスマホで写真を撮《と》ったりして遊んでいた。

榎本《えのもと》さんが自撮《じど》りモードにして、俺に顔を近づける。

「はい、撮《と》るね」

「う、うん」

ピロンッと撮影完了《さつえいかんりょう》。

おおっと、ドキッとしたせいで俺の顔が引きつってる。しかし榎本《えのもと》さん、さりげなく髪《かみ》つまみポーズとかキメてるあたりけっこう自撮《じど》り慣れしてんなあ。

榎本《えのもと》さんは写真をすいすい加工していた。二人の周りにめっちゃハートスタンプ盛りまくって、大層ご満悦《まんえつ》だ。

「ね、ゆーくん？」

「どうしたの？」

油断していると、榎本《えのもと》さんが唐突《とうとつ》にぶっ込んだ。

「花火大会のとき、ひーちゃんとキスしたんでしょ？」

「ぶふぅッ⁉」

うっかりバランス崩《くず》しそうになるのを、慌《あわ》てて抑《おさ》える。

大きく深呼吸して精神を落ち着かせ……ゲホゲホッ！　うう、潮の匂《にお》いが濃《こ》すぎて咽《むせ》た。まったく、この子はいきなり何を言うんでしょうかねえ……。

「誰《だれ》がそんなことを……？」

「この前、クラスの友だちがラインで教えてくれた」

見・ら・れ・て・た～……っ！

何それ恥《は》ずかしすぎる。花火大会のときはテンション上がってて平気だったけど、さすがに冷静になってから持ち出されると殺してくれって感じなんだが？

「ゆーくん。それだけ？」

「な、何が？」

「そのとき以外にもしたの？」

めっちゃぐいぐいくるんだが。

「いや、それ答えるの恥《は》ずかしすぎでしょ……」

榎本《えのもと》さんのじとーっとした視線が、三割増しで重くなった。

「ということは、したんだ？」

「うぐっ……」

はい。一回だけ……。コンビニでバイトしてたとき、日葵《ひまり》が差し入れを持ってきてくれて、そのときに店の裏で……って何を言わすんだよ⁉ まあ、俺が勝手に言ってるだけなんだけどな‼

俺が自爆《じばく》して死にたくなっていると、榎本《えのもと》さんがため息をつく。

「いいなー。ひーちゃんだけ秘密の思い出たくさんあっていいなー」

「めっちゃリアクションに困る……」

もう浜《はま》のほうに戻《もど》っちゃおうか……？

そうしよう、そうしよう。けっこう時間経《た》ったし、日葵《ひまり》も心配してるかも……って、榎本《えのもと》さんがグイグイ肩《かた》を寄せてくるんだけど。

うちの猫《ねこ》の大福《だいふく》が、チュールほしいときに甘えてくるのに似ていた。榎本《えのもと》さん？　バランスやばいんで、ちょっと待って……。

逃《に》げ場《ば》なく必死に耐《た》えていると、榎本《えのもと》さんが至近距離《きより》でじっと見つめる。

「ね、ゆーくん。わたしも、二人だけの夏の思い出が欲《ほ》しい」

「夏の思い出……？」

聞き返すと、榎本《えのもと》さんがちょんと唇《くちびる》に触《ふ》れる。リップクリームが塗《ぬ》られたそれがあまりに艶《なま》めかしくて、俺はつい視線を奪《うば》われる。

「……キスとか」

ぐはあっ……。

なんとなく予想はしてたけど、本当に言われると破壊力《はかいりょく》がやばい。言葉のミサイルがはらわたを抉《えぐ》るようだ。

俺は必死に、榎本《えのもと》さんを押し戻《もど》そうとする。

「だ、ダメでしょ。それはダメ……」

「なんで？　友ちゅーなら、ひーちゃんともしてたんでしょ？」

「してない、してない！　そういうのはしてないから！」

あいつ親友の頃《ころ》から、手を繋《つな》いだり抱《だ》き着《つ》いてきたり距離感《きょりかん》おかしかったけど。さすがにそういうのはしてない。だって、それは恋人《こいびと》とするもんだから……。

ということで、ここは丁重《ていちょう》にお断りを……と思っていると、榎本《えのもと》さんが「えへ」と頬《ほお》を赤らめてはにかんだ。

「やった。じゃあ、わたしが初めてだ」

…………………………………………………………………………

…………………………………………………………………………

…………………………………………………………………………

……あっぶねえなオイ!!　一瞬《いっしゅん》、マジで心臓止まるかと思った！

何だこの子！　メンタル強すぎっていうか、こっちの認識《にんしき》すら支配してくるぞ。もはや何が常識なのかわからないんだけど！

(逃《に》げよう。ここにいたらマジでキスしちゃう……)

そろそろとボードから降りようと試みる。

でも、それがよくなかった。一気に重心が偏《かたよ》ったボードが、そのままて一んと横転したのだ。俺たちは二人とも、海中に滑《すべ》り込んでしまった。

「ぶはっ⁉」

やべ、海の水、飲んじゃった！　口の中、しおっから！

でもライフジャケットのおかげで、すぐに海面に浮《う》いた。慌《あわ》てて顔を拭《ぬぐ》って、榎本《えのもと》さんを探し……あ、いた！　ちょっと離《はな》れたところで同じように海中から顔を出した。

榎本《えのもと》さんはびっくりした感じで、慌《あわ》てて周囲を確認《かくにん》する。俺を見つけると、こっちにこようと手足をばたつかせた。

そのフォームが、なんともぎこちない。

「榎本《えのもと》さん？」

バタバタバタバタバタバタバタバタバタッ……バタバタ……ッ…………………バタ……バタ………

………シーン…………。

「榎本《えのもと》さーん⁉」

完全に泳ぐのを諦《あきら》めた榎本《えのもと》さんを、慌《あわ》てて迎《むか》えに行く。

ぷかーっと浮《う》いてる榎本《えのもと》さんを摑《つか》まえると、逆にがしっと身体《からだ》を摑《つか》まれる。それからすごく拗《す》ねた感じで頬《ほお》を膨《ふく》らませた。

「ゆーくん。ちょっと怖《こわ》かった……」

「いや、ほんとゴメンね……」

でも元はと言えば、榎本《えのもと》さんが変なこと言い出すからでしょ……。

なんとも納得《なっとく》いかない気分のまま、ひっくり返ったボードを捕まえる。うまいことパドルも見つかったし、一応、被害《ひがい》はないっぽいけど……。

「あ、榎本《えのもと》さん！　スマホある⁉」

「うん。ライフジャケットに繋《つな》いでた」

それはよかった……。

とりあえず、ボードをビート板みたいにして浜《はま》のほうへ泳いでいく。俺たちが転覆《てんぷく》したのは気づいてるらしく、雲雀《ひばり》さんが迎《むか》えのために海に飛び込んでいた。

こんな状況《じょうきょう》なのに、なぜか背中に摑《つか》まる榎本《えのもと》さんは楽しげだった。どうしたのかと思っていると、俺に言う。

「あのときに似てるね」

「あのとき？」

「小学生の頃《ころ》、ゆーくんがわたしを連れて歩いてたとき」

「ああ、あのときね……」

植物園で家族とはぐれて、一緒《いっしょ》に探し歩いたときた。

確かにあのときも、榎本《えのもと》さんは俺の後ろを必死についてきていたっけ。

……俺はあのとき、どうして榎本《えのもと》さんのことを好きになったのかな。そんな思い出を懐《なつ》かしんでいると、ふいに榎本《えのもと》さんが耳元で囁《ささや》いた。

「二人だけの夏の思い出、一つ目だね？」

「…………」

そういうの、マジでよくないと思います。

俺は波の音で聞こえないふりをしながら、雲雀《ひばり》さんと合流すべく一心に泳ぐのだった。

Ⅲ

〝汚れの……ない？〟

海水浴の翌日。

ガタンッという揺《ゆ》れで、俺は目を覚ました。

何だ。なんかやけに狭《せま》いところだ。しかも小刻みな振動《しんどう》がある。天井《てんじょう》が低い。

天井《てんじょう》……？

いや、これは部屋じゃない。車の中だ。

えーっと。俺は海で榎本《えのもと》さんとSUPサーフィンを……いや、それは終わった。じゃあ、もしかして帰りの車か？　うわ、疲《つか》れて眠《ねむ》ってしまったらしい。

じゃあ、雲雀《ひばり》さんが運転を……いや待て。

海水浴は昨日のことだ。あの後、俺は確かに雲雀《ひばり》さんの車で帰って、夕飯に焼肉をご馳走《ちそう》になった。そして家まで送ってもらって、風呂《ふろ》に入って寝《ね》た。そこから記憶《きおく》がない。

ここは、どこだ？

そう思って、ガバッと身体《からだ》を起こした。

軽自動車の後部座席だ。見覚えがある……というか、これは咲姉《さくねえ》さんの車だ。バックミラーに、市内のイベントで配布されたおサルのキーホルダーがブラブラしている。

「愚弟《ぐてい》。起きたようね」

運転席には、咲姉《さくねえ》さんが座っていた。笑顔《えがお》のおサルが揺《ゆ》れるバックミラーに、冷たいまなざしが映っている。

「さ、咲姉《さくねえ》さん。なんで俺……」

「わたしの車に乗ってるのか、かしら？」

「そうだよ。俺、自分の部屋で寝《ね》てたと思うんだけど……」

「起きないように乗せるのに苦労したわ。あんた、案外重いのね」

いや、男子高校生なんだから咲姉《さくねえ》さんより重くて当然だろ。俺は平均体重で……そうじゃないだろ！　あぶねえな、いつもの感じで話を逸《そ》らされるところだった！

「ゆ～ちゃん♪　あんまりお姉ちゃんを困らせたらダメだぞ～？」

「いや、紅葉《くれは》さん。俺が困らせるって言うより、俺が困らされて……なんで当然のようにいるんですか⁉」

よく見ると、助手席に乗っているのは紅葉《くれは》さんだった。今日も白いワンピース姿で、眩《まぶ》しいほどの芸能人オーラを放っている。

紅葉《くれは》さんはぷーっと頬《ほお》を膨《ふく》らませた。不機嫌《ふきげん》そうに「ぷんぷん！」って両腕《りょううで》を上下に振《ふ》るのに合わせて、その巨大《きょだい》な胸が弾《はず》む。

「わたしがいちゃダメだっていうのかな～？　ゆ～ちゃん。けっこう冷たいよね～」

「いや、その前に、今の状況《じょうきょう》がつかめないんですけど……」

窓の外を見た。

一面の海である。まだ夜明けの海岸沿いの道路を、なぜか咲姉《さくねえ》さんの車に乗せられて走っていた。めちゃくちゃスピードに乗ってるし、信号とか見当たらない。たぶん高速道路だ。

車道脇《わき》にはフェニックスの樹《き》が等間隔《とうかんかく》で並んでいるし、その向こうにはフェニックス・シーガイア・リゾートのホテルがそびえていた。

このことから察するに……。

「え？　なんで空港向けて走ってんの？」

「あら。あんたにしては、よく頭が回るわね」

「この風景で高速道路って言ったら、それしかないでしょ……」

「飛行機なんて乗ったことないくせに」

咲姉《さくねえ》さんは肩《かた》をすくめた。

「紅葉《くれは》を送ってんのよ」

「……あ、そういうことか」

どうやら、紅葉《くれは》さんが東京に戻《もど》るらしい。

その見送りのために、咲姉《さくねえ》さんが車を出したようだ。この二人、なんだかんだ本当に仲いいんだな。

……いや、状況《じょうきょう》はわかった。わかったけど、まだ解《げ》せないのは、なんで俺まで連れてこられてるのかってことだ。

「なんで俺も見送りに連れ出されてんの？」

俺が聞くと、紅葉《くれは》さんが振《ふ》り返《かえ》った。

「違《ちが》うよ～♪　ゆ～ちゃんも、一緒《いっしょ》に行くんだよ～☆」

「…………」

俺はしばらく黙《だま》ってから、首をかしげる。

「え？」

「この前のお詫《わ》びに～、東京のクリエイターに紹介《しょうかい》してあげようって思ったんだ～♪」

空港に着いた。

咲姉《さくねえ》さんにキャリーケースを渡《わた》された。

「え？」

「それじゃ、愚弟《ぐてい》。お洒落《しゃれ》な土産《みやげ》、買ってきなさいよ」

紅葉《くれは》さんに手を引かれながら、搭乗手続《とうじょうてつづ》きを終える。待合室で、紅葉《くれは》さんがくらやのチーズ饅頭《まんじゆう》を買ってきた。

美味《おい》しかった。ふわふわもちもちの蒸《む》しパン生地《きじ》に、コクのあるクリームチーズが入っている。

「え？」

「ここのチーズ饅頭《まんじゆう》、わたし好きなんだ～☆　他のチーズ饅頭《まんじゆう》とは違《ちが》ったオンリーワンを目指してる感じがいいよね～♪」

搭乗する。初めての飛行機の中、頭上のロッカーで頭を打った。そしてビジネスクラスの、ちょっとリッチな座席に座らされる。

一時間半の空の旅を終えて、羽田空港に到着《とうちゃく》する。めっちゃ広い通路を見渡《みわた》した。会社員とか、旅行連れとか、とにかくたくさんの人たちが行《い》き交《か》っている。

「……え？」

俺は東京にいた。

直線距離《きょり》にして８００キロメートル、陸路なら１２００キロメートル。

なんかとんとん拍子《びょうし》に進みすぎて、リアクションする暇《ひま》もなかった。なんで？　なんで東京に？　意味わかんない。どういうこと？

紅葉《くれは》さんは手荷物受取所でキャリーケースを手にした。そして俺を拉致《らち》ってきたとは思えないほどの晴れやかな笑顔《えがお》で言う。

「ゆ～ちゃん。それじゃ、わたしはここでバイバイするね～♪」

「ええっ!?　ちょ、待って……ぐえっ」

引き留めようとしたら、逆にガシッと肩《かた》を摑《つか》まれた。

そんなに力は強くないいんだけど、妙《みょう》な迫力《はくりょく》を感じる。その気迫《きはく》に押されて、俺は黙《だま》った。にこーっとした笑顔《えがお》の向こうに、問答無用の雰囲気《ふんいき》があった。

「ゆ～ちゃん、わたしも切羽《せっぱ》詰《つ》まってるんだ～♪　このミッションをクリアしないと、お仕事できない身体《からだ》にされちゃうからね～♡」

紅葉《くれは》さんは胸元《むなもと》を強調するように前屈《まえかが》みになって、俺の耳元で囁《ささや》く。なんか甘い女性の香りがするし、艶《つや》っぽい声に背筋がぞくっとした。

「無理やり連れてきてごめんねって思ってはいるんだよ～？　でも雲雀《ひばり》くんに勘《かん》づかれたら阻止《そし》されちゃうからね～。とにかく、後は思いっきり東京観光を楽しんでくれればオ～ルオッケ～。ゆ～ちゃんもわたしもハッピ～ハッピ～♡」

「は、ハッピ～ハッピ～……？」

紅葉《くれは》さんが両手でピースサインして、カニみたいにチョキチョキ合わせる。俺もなんとなく、同じサインを取ってみた。まったくハッピーじゃない。

「それじゃ、また連絡《れんらく》するね〜♪」

そして紅葉《くれは》さんは本当に行ってしまった……。

取り残された俺は、唖然《あぜん》としながら見送ってしまった。いざというとき、身体《からだ》が動かないってのは本当らしい。

とにかく、俺は状況《じょうきょう》の整理を始めた。まず俺は東京にいる。その段階でマジで意味わからん。おしまい！　……いやいや、諦《あきら》めんな俺。もっと頑張《がんば》れよ。

なんで紅葉《くれは》さんが、俺を東京に？　しかも咲姉《さくねえ》さんも噛《か》んでるっぽい。まさか、また日葵《ひまり》関連では？　でも今、雲雀《ひばり》さんがどうとかって言ってたような……？

もしかして、そっちの痴話喧嘩《ちわげんか》に巻き込まれたのか？　なんて迷惑《めいわく》な……。

とにかく、この手荷物受取所から移動しよう。俺もキャリーケースを持って、ガラスドアの出口へ向かった。

そこを出た瞬間、俺はキャリーケースを落とした。何かがガチャンと嫌な音を立てたけど、そんなこと気にしていられない。

「………………」

めっちゃ可愛《かわい》い美少女が、どや顔で仁王立《におうだ》ちしていた。

いつもより大人《おとな》っぽい雰囲気《ふんいき》のサマーシャツとスカートの組み合わせに、一瞬《いっしゅん》、他人の空似《そらに》かと思った。何より、ここは東京・羽田空港《はねだくうこう》。まさかいると思うはずがない。

でも、その独特の赤みのある黒髪《くろかみ》は他にいないと思う。あと薄着《うすぎ》でめちゃくちゃ攻撃《こうげき》的な主張をする大きな胸とかも……。

俺はその子の名前を呼んだ。

「榎本《えのもと》さん。なんでここに……？」

彼女は俺の困惑《こんわく》もそっちのけで、いつもの可憐《かれん》な笑顔《えがお》で「えへ」と笑う。

「きちゃったかあ♪」

「きちゃったかあ……」

めっちゃ罪悪感ナシの可愛《かわい》すぎる笑顔《えがお》を眺《なが》めながら、俺はすべてを悟《さと》ったような気がしていた。

♣♣♣

羽田空港《はねだくうこう》から、タクシーで一時間弱――。

やってきました、東京・渋谷《しぶや》！

俺は駅前にひしめく人々が、あの有名な巨大《きょだい》スクランブル交差点を魚の大群の如《ごと》く進んでいく様子を眺《なが》めながら「ほえ～……」となっていた。……今日なんかお祭りでもあるの？　まさか、これが都会の平常運転ってわけじゃないよね？

さっそく人酔《ひとよ》いしていると、向こうで榎本《えのもと》さんが俺を呼んだ。

「ゆーくん。こっち！」

「あっ。ハチ公像あった？」

渋谷《しぶや》名物の一つ、忠犬ハチ公像。

あの朝のニュースとかで、よく見るやつだ。実物が目の前にあるっていうのは、なんか不思議な感覚だった。まるでアニメのキャラクターが現実に飛び出してきたような感じもする。

榎本《えのもと》さんがスマホを自撮《じど》りモードにしたので、俺も隣《となり》に並んだ。

「ゆーくん。撮《と》るね」

「オッケー」

ピロンッと電子音。

画面を二人で覗《のぞ》き込《こ》むと、忠犬ハチ公像をバックに俺と榎本《えのもと》さんが華麗《かれい》にポーズを決めている様子が映っていた。

さっそく榎本《えのもと》さんが、俺と彼女の顔に犬っぽい髭《ひげ》と犬耳を書き込む。俺はともかく、犬耳ルックの榎本《えのもと》さんも可愛《かわい》い。欲を言えば可愛《かわい》いカノジョの犬耳も見たいので、地元に帰ったら日葵《ひまり》にもやってもらおう。

「──じゃなくて!!」

「きゃっ」

榎本《えのもと》さんがスマホを取り落としそうになった。慌《あわ》ててキャッチすると、俺のほうをじとーっと睨《にら》む。

「……ゆーくん。いきなり耳元で叫《さけ》ぶなんて非常識」

「いきなり東京に連れ去る人に常識を問われたくない！」

なぜか自慢《じまん》げに大きな胸を張る榎本《えのもと》さんである。ぶっちゃけこのポーズだけでアイドル事務所にスカウトされちゃいそうなくらい可愛《かわい》い。

「あ、ゆーくんを連れてくるプランを考えたのはしーくんだから」

「あのくそ野郎《やろう》……っ！」

ここにいない真木島《まきしま》に呪詛《じゅそ》を吐いていると、スマホを差し出された。

（なんだ？　ビデオ通話？）

とか思ってると、画面の向こうに知った顔が出現した。茶髪《ちゃぱつ》のチャラ男……つまり当の真木《まき》島《しま》だ。いつものように扇子《せんす》を広げると、軽快に笑った。

『ナハハ。ナツよ、ドッキリ大成功のようだなァ？』

「うるせえ！　おまえ、榎本《えのもと》さんにえげつないことさせんなよ！」

『心外だな。リンちゃんがナツと二人きりで遊びにいきたいと言うから、オレは手段を提示しただけのこと。それを選択《せんたく》したのは、あくまでリンちゃん本人だよ』

「とか言って、事前に了承《りょうしょう》取らないあたり悪意しかねえだろ……」

真木島《まきしま》は否定せずに、肩《かた》をすくめてみせた。

『ナツのことだから、地元から一緒《いっしょ》に飛行機に乗ろうとすれば逃《に》げ出《だ》すだろう。サプライズも兼《か》ねて、東京で合流は正解だったな？』

「しーくん。ばっちり」

ぐっと親指を立てて健闘《けんとう》を称《たた》え合ってんじゃねえぞ……。

とにかく、これは明らかな悪意であることはわかった。そうなれば話は別だ。なんか流されるまま渋谷《しぶや》まできちゃったけど、まだ取り返しがつかないほどじゃない。

「日葵《ひまり》にバレたらやばいだろ！　俺は帰るからな！」

『日葵《ひまり》ちゃんか？　もう知っておるぞ？』

はい⁉

俺が呆《ほう》けていると、真木島《まきしま》がにやっとする。カメラを離《はな》していくと、あいつのいる場所がわかってきた。

……この童話の世界のような内装は、もしかして榎本《えのもと》さん家《ち》の洋菓子店《ようがしてん》？　そのイートインコーナーで、ジンジャーエールを飲んでいるようだ。

真木島《まきしま》は唐突《とうとつ》に、厨房《ちゅうぼう》のほうへと呼びかけた。

『日葵《ひまり》ちゃん。ナツだぞ』

俺が「どゆこと⁉」ってなっている間に、スマホのカメラの前に日葵《ひまり》の顔が出現した。それから満面の笑顔《えがお》で、俺に手を振《ふ》る。

『あ、悠宇《ゆう》。無事に東京、着いたー？』

「おまえ、俺がどこにいるか知ってるの……？」

日葵《ひまり》は首を傾《かし》げた。

『え？　なんか昨日の夜、いきなり東京の親戚《しんせき》に会いに行くことになったんでしょ？　アタシも今朝、咲良《さくら》さんから聞いてびっくりしちゃったー』

「親戚《しんせき》……？」

うちに東京の親戚《しんせき》いたの？　初耳なんだけど？　俺が言葉を失っていると、日葵《ひまり》が訝《いぶか》しげにする。

『……悠宇《ゆう》。どしたん？』

「あ、いや！　……そうなんだよ！　伯父《おじ》さんの、えっと、入院したらしくて、その……お見《み》舞《ま》いみたいな？　た、大した怪我《けが》じゃないらしいんだけど……ハハ……」

つい誤魔化《ごまか》してしまって、しまったと舌打ちする。一度こう言ってしまったら、なんとなく訂正《ていせい》しづらい。だって言えるか？　夏休みにおまえをほっぽり出して、別の女の子と東京いますって……。

日葵《ひまり》は「そっかー。大変だねー」とうなずく。

『ついでだし、お洒落《しゃれ》なお店とか見てきなよー。ほんとはアタシも行きたいけど、ちょっと用事できちゃってさー』

「用事？　そういえば、なんで榎本《えのもと》さん家《ち》のお店にいるの？」

日葵《ひまり》が「待ってました！」とばかりに胸を張る。

『それが、えのっちが吹奏楽部《すいそうがく》の合宿あるの忘れてたらしくてさー。お店の人手が足りないから、急遽《きゅうきょ》、アタシがお手伝いにきてるってわけ』

そう言って、カメラの前で「うふっ♡」とポーズを取ってみせる。洋菓子店《ようがしてん》のエプロンとお洒落《しゃれ》ベレー帽《ぼう》を被《かぶ》った日葵《ひまり》はファッション雑誌のバレンタイン特集に載っちゃいそうなほど可愛《かわい》いぜ。来年の2月14日は期待しています。

『ほんとは、アタシもそんなに暇《ひま》じゃないんだけどさー？　どうしてもって頼《たの》まれちゃったら断れないよなー？　ま、アタシ可愛《かわい》いしなー？　看板娘《かんばんむすめ》といえばアタシみたいなところあるしなー？』

なんかお調子に乗ってる匂《にお》いがぷんぷんする。きっと榎本《えのもと》さんたちに、めっちゃ煽《おだ》てられたんだろう。そんな単純なカノジョも可愛《かわい》くてしょうがない。やっぱり人間は素直《すなお》さが一番だよな！

『で、悠宇《ゆう》。いつ頃《ごろ》帰ってくる予定？』

「あー。いやその、もう用事終わったしすぐに……」

突然《とつぜん》、スマホの向こうで真木島《まきしま》が大声を出した。

『そういえば、ナツは一週間はそちらにおるのだったなァ？』

「は？　いやいや、おれはすぐ……あっ」

真木島《まきしま》がニヤアッと悪い笑《え》みを浮《う》かべた。

その表情はありありと語っている。「従わなければ今すぐリンちゃんといることをバラしてやろう」って感じだ。

その榎本《えのもと》さんも、俺にスマホを見せながらVサインをしていた。話によると吹奏楽部《すいそうがくぶ》の合宿中のはずなので、あるいはこれは幻影《げんえい》かもしれない。……そんなわけあるか。

……よく考えろ。もし俺が東京で榎本《えのもと》さんと二人きりだと知られたら？　いや、考えるまでもない。俺がちょっと榎本《えのもと》さんと仲良くしてただけでやきもち焼いてた日葵《ひまり》だぞ。どんな制裁が待ってるか想像にたやすい。

「…………………一週間」

屈《くつ》した。

すると日葵《ひまり》はちょっと残念そうに……でも、俺を安心させようって努《つと》めるような慈愛の笑顔《えがお》で言った。

『悠宇《ゆう》のことだし、そっちでアクセとか見て回りたいんでしょ？　お兄ちゃんも、そういう経験は大事って言ってたからさ。アタシもこの機会に、接客の勉強しとくね』

「お、おう。ありがとな……」

くそう。健気《けなげ》な気遣いが胸に痛い……。

俺が自責の念で泣きそうになっていると、真木島《まきしま》の手にスマホが返された。そして日葵《ひまり》が厨房《ちゅうぼう》に戻《もど》っていくのを見計らって、俺に嫌《いや》らしい笑《え》みを向ける。

『リンちゃんに紅葉《くれは》さんの一件で頑張《がんば》ったご褒美《ほうび》くらいあげたまえ。それでは、オレもこれからカノジョとデートなのでな。そちらも存分に楽しむといい』

一方的にビデオ通話を切りやがった。

俺はため息をついて、榎本《えのもと》さんを振《ふ》り返《かえ》った。

「…………」

「…………」

榎本《えのもと》さんがじーっと期待のまなざしを俺に向ける。ウッ、眩《まぶ》しい……っ！　その後ろの忠犬ハチ公像も、俺をつぶらな瞳《ひとみ》で見ているような気がする！

（……日葵《ひまり》に嘘《うそ》ついて東京旅行とか、マジで切腹もんの大罪だと思うんだけど）

でも榎本《えのもと》さんも俺にとっては大事な親友だし、それを蔑《ないがし》ろにするのは絶対によくない。紅葉《くれは》さんの一件だって、榎本《えのもと》さんは他に選ぶことができたのに……。

「じゃあ、この前のお礼ってことで……」

「っ⁉」

榎本《えのもと》さんがパッと顔を明るくした。後ろの忠犬ハチ公像と一緒《いっしょ》に、見えない犬の尻尾《しっぽ》がブンブン振《ふ》り回《まわ》される幻影《げんえい》が見える！

「じゃあ、ゆーくん行こ？」

榎本《えのもと》さんが、俺の手を取って駆《か》けだした。俺のほうが歩幅《ほはば》は広いし、榎本《えのもと》さんの小走りにゆったりついていく。

一緒《いっしょ》にスクランブル交差点を渡《わた》りながら、榎本《えのもと》さんが振《ふ》り返《かえ》って「えへ」と笑う。全部わたしの思い通りって感じの顔も可愛《かわい》くてズルい。

「ゆーくんは、そう言うと思った」

「……わかりやすい性格なもんで」

見上げれば、空が狭《せま》い。

何型なのか想像もつかないような巨大《きょだい》なディスプレイを備えたビル群が、まるで雲に届こうと背伸《せの》びするような光景だった。

東京は空気が汚《きたな》いっていうけど、俺としてはヒトの匂《にお》いが濃《こ》いんだと思う。普通《ふつう》に歩いてるだけでも息切れするくらいの人だかりがあちこちに見られた。

本当に、榎本《えのもと》さんと東京の街を歩いてるんだなあ。

そんなことをしみじみ思いながら、人波の中を歩いていった。

♣♣♣

榎本《えのもと》さんと一緒《いっしょ》に入ったのは、スクランブル交差点の近くにあるテナントビルだった。

そのフロアを見渡《みわた》しながら、俺は歓喜《かんき》の声を上げる。

「うわあぁぁ……っ！　すっげえぇぇぇ……っ！」

女性向けファッション関係のフロアだ。

見渡《みわた》す限り、アクセ！　アクセ！　アクセ！

プチプラからハイブラまで、ありとあらゆるお洒落《しゃれ》アクセが並んでいる。それがフロアの奥までずっと続いているから驚《おどろ》きだ。

種類も豊富で、むしろ女性用アクセってこんなにたくさんあったんだなって当然のことを再確認《かくにん》させられる。目もくらむような眩《まばゆ》い財宝の洞窟《どうくつ》みたいだった。うちの地元では、まずお目《め》に掛《か》かれない光景だ。

一番手前のショップを覗《のぞ》く。

ここは派手系のショップだ。おそらく日葵《ひまり》みたいな10代の陽キャ女子がメインターゲットなんだろう。

まず圧倒的《あっとうてき》に量が多い。通路側にずらっと下げられたネックレスが、煌《きら》めく滝《たき》のようだ。その種類が一つずつ違《ちが》うんだから、どれだけ幅広《はばひろ》いニーズを意識してるのか想像もできない。俺が中学の頃《ころ》に並べてたアクセケースがごっこ遊びみたいに感じる。こういうの、いつかやりたい……。

隣《となり》のショップに移った。

こっちは大人《おとな》しめ……というか高級感のあるアクセが多くて、どっちかといえば大学生から社会人をターゲットにした様子だ。

ぱっと見でお洒落《しゃれ》なのに、よく見たらさらにお洒落《しゃれ》とかズルすぎる。ダイヤなどのわかりやすい主役を使ってるわけじゃない。ただの普段《ふだん》使いのカジュアルリングなのに、デザインが洗練されてるっていうか、さすが都会っていうか……こんなの買うに決まってんじゃん。

ガラスのショーケースに並ぶのは、落ち着いた光沢《こうたく》の白いネックレスたち。どれもシックなデザインで、ビジネス向けの雰囲気《ふんいき》だった。

そのネックレスの共通点は……。

「プラチナ、いいなぁ……っ！」

「ゆーくんのアクセ、高いのでもシルバーだもんね」

「そうなんだよ。やっぱ値段が段違《だんちが》いだからさ。俺のアクセはどれも一点ものだし、どうしてもプリザーブドフラワーがコスト高くなっちゃうからプラチナはきつい……」

相場や純度によるけど、プラチナはシルバーの何十倍もの値段になることもある。

どこまでもこだわるというのも手だけど、それじゃアクセの価格が数万円に跳《は》ね上《あ》がってしまう。オーダーメイドとかじゃアリだろうけど、普段《ふだん》の販売品《はんばいひん》じゃクライアントの手が出ない し本末転倒《ほんまつてんとう》だ。

（あ、これヤバい。めちゃ好み……）

日葵《ひまり》に似合いそうな、主張控《ひか》えめのシンプルデザイン。これならきっと、あのニリンソウのチョーカーと重ねてもイケそうな気がする。

価格は……うわあ。

正直、お察しだ。見た感じ、ビジネスでの普段《ふだん》使いって感じだけど。社会人って、こんなの普段《ふだん》から身に着けてんのかな。

一応、財布《さいふ》を取り出して、中身を確認《かくにん》してみた。

……うおお！　ちょっと厚みが増してる！　咲姉《さくねえ》さんナイス！　いやあ、持つべきものは姉だよな。いくら怖《こわ》くても……いくら弟の拉致《らち》を手伝ってやるような血も涙《なみだ》もない姉でも！　それでも旅の資金援助《えんじょ》してくれるのはマジで感謝……ん？

なんか紙切れが挟《はさ》んである。どれどれ……。

『二学期のバイト代から天引き』

鬼《おに》かよ!?

勝手に東京行きの怖《こわ》いお姉さんに引《ひ》き渡《わた》しといて、その小遣《こづか》いバイト代から引くとかブラック企業《きぎよう》も真っ青か！

でも、これで、これで日葵《ひまり》へのお土産《みやげ》が買えると思えば……いや待て。これから一週間もあるのに、さっそく使ってもいいのか……っ！

一人でうおおっと唸《うな》っていると、ふと榎本《えのもと》さんがいないのに気づいた。ショーケースの向こう側で何かを熱心に見ている。

そっちに近づいて、一緒《いつしよ》に覗《のぞ》き込《こ》んだ。

「あ、これ可愛《かわい》いね」

猫《ねこ》をモデルにしたネックレスだった。猫《ねこ》が落ちそうになるのを必死にしがみついているお茶目なモチーフだ。落ち着いた雰囲気《ふんいき》の中に遊び心を感じる素敵《すてき》なアクセサリーだった。

榎本《えのもと》さんが、さっきの俺と同じように財布《さいふ》と睨《にら》めっこしている。価格は……まあ、そうだよな。プラチナだし、普通《ふつう》の女子高生が気軽に買えるようなものじゃない。

そんなことを考えていると、ショップのスタッフさんが話しかけてきた。

「お気に召《め》したものはございますかー？」

「えっ⁉　いや、その、えっと……」

いきなり綺麗《きれい》なお姉さんに話しかけられて、俺はテンパった。さすが東京、ガンガン声かけてくる！

俺が美人怖《びじんこわ》い病を発症《はっしょう》していると、榎本《えのもと》さんが堂々とその猫《ねこ》ネックレスを指さした。

「これ、どうですか？」

「あ、よく出てますよー。昨日も一個売れましたし、うちの店ではラス一です」

「うう……っ！」

ラス一……その一言《ひとこと》に、榎本《えのもと》さんの表情が苦しそうに歪《ゆが》む。

さすがペット好き……というか、きっと本物の動物に好かれないから、こういうので発散するしかないんだろうな。なんか悲しくなってきた。

するとお姉さんが、お茶目《ちゃめ》な感じで俺に耳打ちする。

「そちらの可愛《かわい》らしいカノジョさんにお似合いだと思いますよ？」

榎本《えのもと》さんの目がキランッと光った。

「あ、いや、俺は他にカノジョがいるのでこの子は……」

「今は親友ですけど、そのうち恋人になります！」

こら、榎本《えのもと》さん！　すかさず変なアピールしないで⁉

ああもう。お姉さんが「うわ、なんか複雑……」って感じの顔になっちゃったじゃん。それからめっちゃ気まずくなって、そそくさとショップを出てしまった。

「榎本《えのもと》さん！　ああいうのはダメ！」

「なんで？」

「いや、だって俺は日葵《ひまり》と別れるつもりはないからさ」

「大丈夫《だいじょうぶ》。いつかひーちゃんのほうから譲《ゆず》ってもらう予定だから」

ぐっと拳《こぶし》を握《にぎ》って燃えている。

うーん。言ってることは最高にハードなんだけど、変に堂々としてるから雰囲気《ふんいき》が暗くならないのすごいな……。

フロアからエスカレーターで降りながら、猫《ねこ》ネックレスを見ていた榎本《えのもと》さんの表情を思い出した。目がキラキラして、まるでオモチャのショーケースを眺《なが》める子供のようだった。榎本《えのもと》さんがあんなに表情に出すってことは、かなり気に入ってしまったんだろう。

さっき忠犬ハチ公像の前で、真木島《まきしま》が言ってたっけ……。

『リンちゃんに、紅葉《くれは》さんの一件で頑張《がんば》ったご褒美《ほうび》くらいあげたまえ』

それは……まあ、そうなんだよな。

てか、紅葉《くれは》さんの一件だけじゃない。榎本《えのもと》さんには、その前に日葵《ひまり》と喧嘩《けんか》したときにも助けてもらった。そのお礼も、ちゃんとしてない。

（でも、ネックレスはどうなんだ……？）

日葵《ひまり》にだって買ってやったことないようなものだ。

正直、ただの友だちと思ってる相手には重すぎ……いや、重いとか重くないってのは、なんか今更《いまさら》って感じもするけど。それでも高校生が渡《わた》すようなものじゃ……それも今更《いまさら》か。

俺は恋人《こいびと》として、日葵《ひまり》を選んだ。

でも、だからって榎本《えのもと》さんを大切にしない理由にはならないはずだ。

「……榎本《えのもと》さん、ちょっと下で待ってて」

「え? うん、わかった」

スマホで何か調べる榎本《えのもと》さんに言い残して、再びアクセのフロアに戻《もど》った。

さっきのお姉さんの「あら〜♡」みたいなからかいの視線に恥《は》ずかしい思いをしながら、あの猫《ねこ》ネックレスを購入《こうにゅう》する。メッセージカード(恋人用《こいびと》)を勧《すす》められたけど、それだけは断固として断った。

ラッピングを済ませると、急いで榎本《えのもと》さんの元に戻《もど》る。しかしビルの出口に着いたとき、榎《え》本《もと》さんの姿がなかった。

(……あれ? どこ行ったんだろ?)

慌《あわ》てて周囲を見回すと、向かいのお洒落《しゃれ》なアイス屋さんに榎本《えのもと》さんの姿を見つけた。両手にカップアイス持って、嬉《うれ》しそうに戻《もど》ってくる。象の鼻みたいにびよーんと伸《の》びているバニラアイスに、ストロベリーソースがかかっていた。

「ゆーくんの適当にオススメ買ったけどいいよね？」

「わっ、ありがと！」

この暑い季節に、冷たくて滑《なめ》らかなアイスが美味《おい》しい。

さすが東京。カップアイスもすげえお洒落《しゃれ》で濃厚《のうこう》な味わいだ。二人で「うま〜……♡」ってなりながら夏を満喫《まんきつ》……じゃなかった。うっかりアイスに全部持ってかれてしまった。

アイスを完食した榎本《えのもと》さんが、張り切って言った。

「ゆーくん。次行こ！」

「あ、うん……」

タイミング逃《のが》した……そう思いながら、俺はラッピングしてもらったネックレスをパーカーのポケットに入れた。

♣♣♣

グーグルマップの案内を頼《たよ》りに到着《とうちゃく》したのは、とあるカフェだった。

外観としては、ちょっとレトロ推《お》しっぽい雰囲気《ふんいき》を感じる。やけに榎本《えのもと》さんが張り切ってるから、きっと東京で激アツのスイーツとか食べられるのかもしれない。

「ゆーくん。いくよ」

「う、うん。そうだね……」

とにかく喉《のど》が渇《かわ》いたなあと思いながら、その後に続く。入口のドアが開き、チリンチリンとベルが鳴った。すると可愛《かわい》らしい店員さんが迎《むか》えた。

「いらっしゃいませー。お二人様ですね。こちらへどうぞー」

そして店内に通されて、俺はその真実に気づく。


めっちゃ猫《ねこ》がいたのだ！


昭和のイメージを漂《ただよ》わせる店内。その天井《てんじょう》から無数の猫《ねこ》用ベッドが吊《つ》り下《さ》げられており、それに何匹《びき》もの猫《ねこ》がくつろいでいた。俺たちをじーっと見つめている。

榎本《えのもと》さんの真意を察した。

つまり、ここは猫《ねこ》カフェというやつらしい。うちの地元では、逆に希少《きしょう》なコンセプトのお店だ。猫《ねこ》なんて野良《のら》がそこら辺にわんさかいるからな……。

（この旅行、ワンニャン尽《づ》くしだなあ……）

俺はうんうんと納得《なっとく》しながら、榎本《えのもと》さんと一緒《いっしょ》にテーブル席に着いた。ちょうど平日の昼過ぎの時間帯で、店内は空いていた。

榎本《えのもと》さんは空中の猫《ねこ》たちに、キラキラとしたまなざしを向けている。

「ゆーくん！　すごくたくさんいるね！」

「そうだね……」

「あ、あの子！　わたしのこと見てる！」

「動くものに興味を示すからね……」

すげえ熱量だなあ。でもうちで猫《ねこ》を飼ってる身としては、イマイチ伝わってこないのがほんとゴメンって感じ。

「榎本《えのもと》さん。さっき検索《けんさく》してたのってここ？」

「そうだよ。わたし、絶対にここにくるって決めてた」

ぐっと拳《こぶし》を握《にぎ》りしめて、その決意を叫《さけ》んだ。

「ここなら、わたしのこと好きなネコチャンがいるはずだから‼」

すごく不憫《ふびん》な情熱を燃やす榎本《えのもと》さんであった。……さてはうちの大福《だいふく》に避《さ》けられてるの、かなり凹《へこ》んでんな？

榎本《えのもと》さんはえへへへと蕩《とろ》けるような笑顔《えがお》で猫《ねこ》たちを観察している。

「あ、すごい。野良《のら》じゃ見られないような子がたくさんいる。ああ、ラグドールのこの素っ気ない顔つき、すごく可愛《かわい》い。スコッティ・フォールド……その折れ曲がった耳をなでなでしたい。マンチカンのつぶらな瞳《ひとみ》がゆーくんにそっくり……ペルシャ、可愛《かわい》いよペルシャ……」

「榎本《えのもと》さん、榎本《えのもと》さん！　店員さんが注文聞きたいみたいだから戻《もど》ってきて榎本《えのもと》さん‼」

完全にどっか行ってる感じの榎本《えのもと》さんに、店員さんもタジタジである。猫《ねこ》に首ったけな榎本《えのもと》さんのほうが可愛《かわい》いけど、今は注文を優先だ。

メニュー表を開いて、オススメのドリンクとケーキを注文した。そこでふと『おやつ』という項目《こうもく》を見つける。

「この『おやつ』って何ですか？」

「これは猫《ねこ》ちゃんたちへのおやつですね」

つまり投げ銭システムか。

榎本《えのもと》さんがすごい期待のまなざしを送ってくるので、その圧に押されて追加で注文する。すると店員さんが、その上のプランを提示した。

「カップル様には、こちらの『猫《ねこ》ちゃんなりきりコース』をオススメしております」

それはまた榎本《えのもと》さんがめっちゃ興味を持ちそうな……あ、やっぱり目を輝《かがや》かせながら食いついた！

「それでお願いします」

「かしこまりましたー♪」

ああ、内容とか聞いてないのに……っ！

榎本《えのもと》さんは上空の猫《ねこ》たちをスマホでバシャバシャ撮《と》りまくりながら、フンスと意気込《いきご》んでいた。

「すごく楽しみ」

「まあ、榎本《えのもと》さんが楽しければいいんだけど……」

ほどなくしてケーキとドリンクが運ばれてきた。俺はコーヒーで、榎本《えのもと》さんは紅茶だ。そして猫《ねこ》用のおやつと……さらにトレーの隅《すみ》っこに鎮座《ちんざ》するものを見て、俺たちは同時に声を上げた。

「何これ⁉」

「わっ、可愛《かわい》い」

見紛《みまが》うことなく、猫耳《ねこみみ》カチューシャだった。あのハロウィンの前に百均とかで売ってるジョークグッズ。それを指しながら、店員さんがニコニコ微笑《ほほえ》んだ。

「これを頭につけて、猫《ねこ》ちゃんたちに『仲間だよ〜』とアピールしてあげてください」

さりげなく両腕《りょううで》を猫《ねこ》のように曲げて「にゃんにゃん♪」とお手本を見せてくれる。

一瞬《いっしゅん》、それを自分に置《お》き換《か》えて想像してしまい、一気にテンションが下がった。誰《だれ》が野郎《やろう》の猫耳《ねこみみ》なんて見たがるんだよ。

これはいくらなんでも、榎本《えのもと》さんもドン引き……。

「ゆーくん。やろう」

「ええ。まさかのノリノリ……」

「だってもう注文しちゃったし。お店の人の迷惑《めいわく》になっちゃうよ」

榎本《えのもと》さんって表情わかりづらいけど、何気にこういうの好きだよなあ。率先《そっせん》してカチューシャを身に着けると、店員さんと同じように手首を曲げてポーズを披露《ひろう》する。

「にゃんにゃん」

左手首の月下美人のブレスレットがキランッと光った。

「…………」

一瞬《いっしゅん》、脳内がフリーズした。

俺がリアクションできずにいると、榎本《えのもと》さんの顔がみるみる赤くなっていく。そしてうつむくと、カチューシャに手をかけた。

「……やっぱり外す」

「ごめん、ごめん！　普段《ふだん》のイメージと違《ちが》うっていうか、あんまり可愛《かわい》かったからつい言葉を失ってただけ！　マジで似合ってます！」

慌《あわ》てて止めると、榎本《えのもと》さんが上目遣《うわめづか》いに「ほんと……？」と訴《うった》えてくる。思いっきり頭をブンブン上下に振《ふ》って返事とする。

すると榎本《えのもと》さんが「えへ」とはにかんだ。旅行でテンション上がっている榎本《えのもと》さんもチョロ可愛《かわい》い。……そして店員さんは「あら初々《ういうい》し〜♡」って感じのリアクションが死ぬほど恥《は》ずかしいのでやめてください。

「お客様。お写真、撮《と》りましょうか？」

「は、はい。お願いします……」

　どうせ三人しかいないし、俺もやらないのは空気読めてなさすぎ……俺もカチューシャを付けて、榎本《えのもと》さんのスマホでピロンッと撮《と》ってもらう。

　そして写真を確認《かくにん》……うわあ、二人でにゃんにゃんポーズ決めてんの恥《は》ずかしすぎる。榎本《えのもと》さんは嬉《うれ》しそうに写真をデコりながら言った。

「ゆーくんのラインにも送っとくね」

「ど、どうも……」

　まあ俺はともかく、榎本《えのもと》さんは可愛《かわい》いからいいけどさ。……この写真、絶対に日葵《ひまり》には見られないようにしなきゃ。

　さて。それはそれとして、本番を忘れちゃいけない。

　俺も何気に楽しみだった。なにせうちの大福《だいふく》は、俺にだけは懐《なつ》かないからな。猫《ねこ》のおやつを構えて、上空でくつろぐ猫《ねこ》たちにアピールする。

「ほら、おやつだぞ」

「ネコチャーン。おいで～♪」

　その瞬間《しゅんかん》、猫《ねこ》たちの瞳《ひとみ》がギラッと輝《かがや》いた……ような気がした。そして猫《ねこ》たちがむくっと立ち上がると、上空からぴょーんと滑空《かっくう》してくる！

　ぎゃあっと悲鳴を上げる隙《すき》もなく、俺の手のおやつが奪《うば》い去《さ》られる。それをゲットした猫《ねこ》は素早《すばや》く床《ゆか》を疾走《しっそう》して、隅《すみ》っこのほうへと隠《かく》れてしまった。

「…………」

モフモフは⁉

こういうのって、おやつと引《ひ》き換《か》えにモフらせてくれるものじゃないの⁉　俺は呆然《ぼうぜん》としながら榎本《えのもと》さんに向いた。

「え、榎本《えのもと》さん。ここの猫《ねこ》ってけっこうアグレッシブ…………うわあああっ⁉」

今度は悲鳴を上げた。

榎本《えのもと》さんが大量の猫《ねこ》に群がられて、めっちゃペロペロされている！　群がられすぎて榎本《えのもと》さんの顔も見えない。もはや榎本《えのもと》さんというよりも、榎本《えのもと》さんの形をした毛玉だ。

俺が呆然《ぼうぜん》としていると、やがて猫《ねこ》たちがおやつを食べ尽《つ》くして離《はな》れていく。キャットウォークを器用に登ってベッドに戻《もど》っていった。

そしてペロ尽《つ》くされた榎本《えのもと》さんは、すっかり真っ白になっていた。しかしその表情は、どこか清々《すがすが》しい。一片《ぺん》の悔《く》いもない感じで俺に向くと、榎本《えのもと》さんはフッと微笑《ほほえ》んだ。

「ゆーくん。わたし、ここに住むね……」

「いやダメだよ⁉」

至高のおやつタイムを三回くらい繰《く》り返《かえ》して、俺たちはカフェを後にするのだった。

♣♣♣

最後に訪《おとず》れたのは、渋谷駅《しぶやえき》直上の超《ちょう》高層ビルだった。渋谷《しぶや》の新名所として名高いランドマーク。この周辺で最大規模のテナント数を誇《ほこ》るという。

案内図を頼《たよ》りに、榎本《えのもと》さんとエレベーターで上がっていく。俺たちの目当ては、その高層ビル屋上の展望施設《しせつ》だった。

ガラス張りの屋上展望エリアに出ると、東京の風景が一望できる。

この一帯で最も高い建築物から見下ろす景色は壮観《そうかん》で、まるで空の上を歩いているかのような気分だった。

「うわあーっ！」

「すごーいっ！」

ガラス張りの仕切りから、二人で叫《さけ》んだ。つい「やっほー」と言いそうになったが、これは理性が打ち勝った。さすがに田舎者《いなかもの》丸出しすぎる……。

時期によっては、この開放感のあるエリアで音楽イベントやヨガのイベントなども行われるらしい。正直、かなり参加してみたい。次に東京にきたときは、そういう日程もチェックしておこう。

さっき通ってきた駅前のスクランブル交差点が、まるでミニチュアみたいだ。あんまり覗《のぞ》き込《こ》むと危ないので、ほどほどに眼下の景色を楽しむ。

「ゆーくん。ここで自撮《じど》りするの流行《はや》ってるらしいよ」

「あ、なるほど。確かにやりたい」

ということで、と榎本《えのもと》さんがスマホを構える。

もう今日だけで、何度一緒《いっしょ》に撮《と》ったことか。俺も抵抗《ていこう》感が薄《うす》れて、素直《すなお》に撮《と》られる。ほっぺたをくっつけてくるのは慣れた……。

都会の大空をバックに、記念撮影《さつえい》が捗《はかど》る。見れば、他にもたくさんのお客さんが、同じように撮影《さつえい》に勤《いそ》しんでいた。

「次はあっち」

「え、まだ撮《と》るの？」

「この展望エリアを一周しながら撮《と》る」

なるほど。確かにそれは楽しそうだ。

遊歩道に沿って進みながら、次々に写真を撮《と》っていく。背景が違《ちが》うのもさることながら、すっかり自撮《じど》りに慣れた俺は大胆《だいたん》なポーズを決めるようになっていった。

すると榎本《えのもと》さんが、ムービーに切《き》り替《か》えて無茶《むちゃ》振《ぶ》りしてくる。

「ゆーくん。地元のひーちゃんにメッセージをどうぞ」

「ええ。何それ？」

「いいじゃん。この背景で『愛してる』って言えば、ひーちゃんも喜ぶよ」

なんて怪《あや》しい。榎本《えのもと》さんがそんなこと言い出すの珍《めずら》しすぎない？　絶対に何か裏があるような……。

……まあ、でも？

確かに榎本《えのもと》さんの言うことも一理ある。こんなロマンチックな背景で「愛してる」とか、ちょっと楽しそう。日葵《ひまり》のやつ、そういうの絶対に好きだって。

コホン、と咳《せき》をする。東京の大空の下でちょっとハイになった俺は、榎本《えのもと》さんのスマホのカメラを見つめながら言った。

「えっと、今日は地元に置いてきてゴメンな？　ここは渋谷《しぶや》のビルの展望エリアなんだけど、すげえ景色がよくて気持ちいいよ。いつか一緒《いっしょ》にこられたらと思う。そっちに帰ったら、すぐ会いにいくから。離《はな》れても、ひま――」

「凛音《りおん》」

「――のこと、愛してる」

ピロンッと撮影《さつえい》を終えた。

「…………」

「…………」

しばらく無表情で見つめ合う。

ふうっと深呼吸した後、俺はその沈黙《ちんもく》を破った。

「こらー榎本《えのもと》さんっ！　ちょっといい声で名前をすげ替《か》えんなーっ！」

「ゆーくん。油断大敵」

榎本《えのもと》さんは達成感あふれる感じでぐっと親指を立てる。スマホから『離《はな》れても凛音《りおん》のこと愛してる』ってなってしまったムービー流すのやめて⁉

ちょっと冷静になった俺は、自分のやらかした出来立てほやほやの黒歴史に顔を覆《おお》った。

「榎本《えのもと》さんが悪い子になってしまった……」

「最初からいい子じゃないもーん」

くそう、小悪魔《こあくま》な榎本《えのもと》さんも可愛《かわい》い……。

施設《しせつ》備え付けの屋外ハンモックに、二人でそれぞれ乗っかった。太陽が近くてちょっと暑いけど、風は気持ちいい。

ふとパーカーのポケットに手を入れて、指がコツンとラッピングの箱にぶつかる。……そういえば、すっかり機会を逃《のが》していた。

それを取り出して、隣《となり》のハンモックに差し出した。

「榎本《えのもと》さん。これ……」

「え？」

アクセショップのギフトボックス。綺麗《きれい》にラッピングされたそれを開けて、榎本《えのもと》さんの目が輝《かがや》いた。

「ネコチャン！」

榎本《えのもと》さんが「なんでなんで⁉」って感じでじーっと見てくる。もう見えない尻尾《しっぽ》がブンブンだし、完全に俺のほうが恥《は》ずかしくなっちゃった。

「いや、あの、この前の紅葉《くれは》さんの一件、ちゃんとお礼してなかったしさ。一緒《いっしょ》に旅行するのがお礼って言われてもピンとこないし。だから、せっかくだし……俺の大事な友だちでいてくれて、ありがとう」

昼間っからすげえ恥《は》ずかしいことを言って、俺も顔が熱い……。

榎本《えのもと》さんがいきなり、こっちのハンモックに移ってきた。顔が近くなって、俺はドキッとする。猫《ねこ》ネックレスを箱から取り出して、嬉《うれ》しそうに俺に差し出した。

「ゆーくんがつけて？」

「あ、うん」

榎本《えのもと》さんの首の後ろに腕《うで》を回した。ええっと、ジョイントのフックは……とか思っていると、ふと榎本《えのもと》さんの熱い息を感じて固まる。

……この体勢、やばいかも。

ちょっと視線を下げると、榎本《えのもと》さんの恥《は》ずかしそうな顔と目が合ってしまう。慌《あわ》てて目を逸《そ》らしながら……いや、てかジョイントがハマらない。なんか緊張《きんちょう》して手が震《ふる》える。

落ち着け。てか、胸が当たりそうでやばい。でもへっぴり腰《ごし》ではネックレスがつけられな

……あ、よし。ちゃんとハマった！

「榎本《えのもと》さん、これで大丈夫《だいじょうぶ》……え？」

なぜか背中に腕《うで》を回されていた。俺の肩甲骨《けんこうこつ》をなでるように手で押さえると、榎本《えのもと》さんがそっと唇《くちびる》を近づけてくる。目が潤《うる》んでいた。

「すごく嬉《うれ》しい……」

「……っ⁉」

やばい。

屋上展望施設《しせつ》。ちょっと特別なプレゼント。すごくロマンチック。その嫌《いや》な予感は的中して、榎本《えのもと》さんが熱に浮《う》かされるように言った。

「夏の思い出」

「ダメ。絶対にダメ」

「親友キスだから」

「それどこの文化だし。ここ日本だからさ」

「黙《だま》っててあげるから」

「なんかイケナイ感じが増した⁉」

榎本《えのもと》さんが痺《しび》れを切らして、ずいっと顔を寄せてくる。ほ、本気でやるつもり？

その綺麗《きれい》な顔を凝視《ぎようし》してしまう。改めて見ると、マジで美人。この渋谷《しぶや》でも可愛《かわい》い女の人たくさん見たけど、榎本《えのもと》さんより「俺のアクセのモデルにしたい」って思う人はいなかった。

俺を離《はな》さない左手にある、月下美人のブレスレットが後ろからじ～っと見ている……ような気がした。

「ゆーくん……」

「っ⁉」

名前を呼ばれて、とっさに我に返る。慌《あわ》てて自由なほうの左手のひらを、俺の顔の前に差し込んだ。榎本《えのもと》さんの唇《くちびる》が、むぎゅっと止められる。……めっちゃ柔《やわ》らかかった。

俺は熱くなった顔を逸《そ》らしながら、もにょもにょと否定した。

「そ、それは親友じゃない……」

「……むぅ～」

いや榎本《えのもと》さん、「ちぇー」と頰《ほお》を膨《ふく》らませてもダメです……。

「この旅行中は、絶対に親友。でないと、マジで地元帰るから」

「わかった。親友で我慢《がまん》する」

ほんとかなあ……。

一週間ずっとこんな感じだったら理性がやばいなあと、俺は他人事《ひとごと》のように思っていた。

♣♣♣

午後の6時を回った頃《ころ》、俺たちは水道橋駅《すいどうばしえき》に到着《とうちゃく》した。

「東京ドームだ……」

「大きい……」

あの読売巨人軍《よみうりきよじんぐん》のホームスタジアム。テレビで見たことあるけど、実物の迫力《はくりょく》はその比じゃない。マジで要塞《ようさい》っていうか、SF映画で空に出現した宇宙戦艦《うちゅうせんかん》を見上げている気分。当然、榎本《えのもと》さんと記念自撮《じど》りを行う。

東京ドームシティの城壁《じょうへき》みたいな外周を歩きながら、周辺にあるらしい目的地へ向かう。

「紅葉《くれは》さんが取ってくれたホテルって、この近く？」

「うん。あそこだって」

榎本《えのもと》さんが指さしたのは、天を突《つ》くかのような巨大《きょだい》なホテルだった。

うわあ、やべえ……。てっきりうちの地元にあるような普通《ふつう》のビジネスホテルだと思ってたから、その時点で面食らっていた。

眩《まぶ》しいエントランスで受付を行い、ホテリエのお姉さんが俺たちを案内してくれる。なんかいい香りのする清潔なエレベーターに乗って、すぅーっと上階へと昇《のぼ》っていった。

榎本《えのもと》さんと、ひそひそと耳打ちし合う。

「なんか高そうなホテルだけど、もしかしてチップとか必要？」

「わたしもわかんない。お姉ちゃんに適当にいいところ取ってねって言ったんだけど……」

それを聞いたホテリエさんが、クスリと微笑《ほほえ》む。

「宿泊料《しゆくはく》に含《ふく》まれておりますので大丈夫《だいじようぶ》ですよ」

「あ、すみません……」

ちょっと恥《は》ずかしかった。

田舎《いなか》暮らしの高校生は、こういうハイソな場所では緊張《きんちよう》してしまう。やがてエレベーターが到着《とうちやく》して、フロアに出た。

（……っ⁉）

東京の街を一望する窓の景色に、思わず固まってしまった。

周囲を見ると、高級そうなスーツを着たジェントルマンや会社員たちが穏《おだ》やかに過ごしている。キラキラと輝《かがや》く装飾《そうしよく》や、ふわっふわの絨毯《じゆうたん》、そして清潔感のある個室ラウンジやドリンクバーのカウンター。……これ絶対に庶民《しよみん》のホテルじゃない。

部屋に案内される途中《とちゆう》、ついにホテリエさんに訴《うつた》えた。

「俺たち何も聞いてないんですけど、本当にここでいいんですか⁉」

「はい。榎本《えのもと》様からご予約とご伝言を頂いております」

平然と言って、ホテリエさんは伝言を告げる。

「『妹の大親友のゆ〜ちゃんに〜、わたしからの大大大サービスだよ〜。妹の親友に尽くしてあげるのは〜、姉として当然だからね〜。お金のことは気にしなくていいから〜、凛音《りおん》に親友な思い出、たくさん作ってあげてね〜☆』……だそうです」

「あ、そうですか……」

やけに親友を強調するところが引っかかるけど、紅葉《くれは》さんらしい感じがした。あと、何気にホテリエさんの物真似《ものまね》がうまくて本人かと思っちゃった。

そして俺たちの部屋に通された。

「こちらのスイートルームでございます。ごゆっくりお過ごしください」

「おお〜〜っ！」

めっちゃ広い！

下手《へた》したらうちのコンビニよりも広そうなリビングに、お洒落《しゃれ》なテーブルとソファが並んでいる。キッチンもあって、ホテルというよりは普通《ふつう》に豪邸《ごうてい》って感じ。

窓から見下ろす東京一等地の街並みも壮観《そうかん》で、まるで雲の上みたい。隅《すみ》っこにグランドピアノとか備え付けてあるし、さすが人気モデルがオススメするホテルだ。

高校生の語彙力《ごいりょく》じゃもうこれ以上は表現しきれない。とにかく豪華《ごうか》な部屋に、俺と榎本《えのもと》さんのテンションは爆上《ばくあ》がりだった。

「親友ってすげー！」

「親友ってすごーい！」

　こっちのバスルームも広い！

　なんかもう真っ白いすべすべの石に覆《おお》われた空間は、もはや宮殿《きゅうでん》って感じ。こんなところで過ごせるとか、マジで東京きてよかった。

　榎本《えのもと》さんと謎《なぞ》のハイタッチを交《か》わす。テンションがおかしいけど、誰《だれ》が見てるわけじゃないしいいか！

「すげえ！　親友ってすげえ！」

「親友ってすごいね！」

　もうこれはすごい。

　榎本《えのもと》さんと親友でよか……いや、そんなこと言うと金目当てみたいに思われちゃうけど、それでも普通《ふつう》の高校生では体験できない旅行だ。この経験を、俺は一生忘れないと誓《ちか》う！

「んん？　こっちのドアはなんだ？」

「ベッドルームじゃない？」

　そういえば、確かに寝室《しんしつ》が見当たらない。

　さすがスイートルーム。こんなにたくさん部屋があるとか、マジで家族が住めちゃいそうな勢いだ。俺たちはルンルン気分で、そのドアを開けた。

でかいダブルベッドが鎮座《ちんざ》していた。

「「これは親友じゃない‼」」


俺と榎本《えのもと》さんは、同時に絶叫《ぜっきょう》していた。

てか、よく考えたらこれって明らかに同室に泊《と》まる流れじゃん！　あまりに豪華《ごうか》なホテルに目がくらんで、大変なことに気づかなかった！

完全に頭が真っ白になって固まってると、榎本《えのもと》さんがわたわた慌《あわ》てながらスマホを取り出した。

紅葉《くれは》さんはすぐにビデオ通話に出た。どこか優雅《ゆうが》なエステサロンでマッサージを受けているようだ。裸《はだか》でベッドにうつ伏《ぶ》せになった状態で、こっちに手を振《ふ》っている。非常に目の毒なので、俺は視線を逸《そ》らした。

「お姉ちゃん！　このホテルは⁉」

『え〜？　だって凛音《りおん》が素敵《すてき》なホテル取れって言ったんでしょ〜？』

「素敵《すてき》だけど、これダブルルームじゃん！」

『うふふっ。そんなことで慌《あわ》てるなんて、凛音《りおん》って初心《うぶ》なんだね〜☆』

榎本《えのもと》さんがぷーっと頰《ほお》を膨《ふく》らませて、怒《いか》りにぷるぷる震《ふる》えている。さすがにアイアンクローの届かない場所では、紅葉《くれは》さんも余裕《よゆう》の表情だ。

「あの、紅葉《くれは》さん……」

『ゆ〜ちゃん、ど〜したの〜？』

「さすがに男女で同室っていうのは……」

『だって二人は親友なんだよね〜？　それなら問題ないじゃ〜ん。一緒《いっしょ》の部屋に泊《と》まっても、エッチなことは考えもしないはずだよね〜？』

「うぐっ……」

俺と榎本《えのもと》さんの関係上、微妙《びみょう》に否定しづらいことを言う。

いくらなんでも、ちょっとは意識しちゃうに決まってるじゃん。やっぱりこの人、日葵《ひまり》のスカウト失敗したこと根に持ってるし。

『わたし〜、日葵《ひまり》ちゃんを引き留めたときの二人の輝《かがや》かしい絆《きずな》に感動しちゃったんだ〜☆　だから、そのお礼だと思って受け取ってね〜♡』

そして、ひじょ〜に性格の悪そうな笑《え》みを浮《う》かべた。まるで「わたしがやられっ放しで納《なっ》得《とく》すると思った？」とで言いたげだ。エステサロンのベッドの枕元《まくらもと》に頰杖《ほおづえ》を突《つ》き、挑発《ちょうはつ》するように付け加える。

『夏休みが終わったとき〜、凛音《りおん》と親友のままでいられるかな〜♪』

「あ、ちょ……っ⁉」

　一方的に通話が切られる。

　何度かけ直しても、まったく出ない。最後には着拒《ちゃっきょ》の音声が流れてきた。

「…………」

「…………」

　さっきのハイテンションと打って変わり、すげえ気まずい空気が漂《ただよ》っていた。榎本《えのもと》さんがソファに座って、がくっとうなだれる。

「うちのお姉ちゃんがごめんなさい……」

「いや、うちの咲姉《さくねえ》さんも噛《か》んでるっぽいし……」

　あの二人に仕組まれて、俺たちが見抜《みぬ》けるはずがない。たぶん真木島《まきしま》だって、これは想定していないはずだ。

　わなわなと拳《こぶし》を震《ふる》わせながら、榎本《えのもと》さんが絞《しぼ》り出《だ》すように言う。

「お姉ちゃん、今度会ったら絶対にホールケーキで5キロ増やしてやる……」

「えげつないこと言うのやめて……」

　果たしてどうするか……と俺が悩《なや》んでいると、榎本《えのもと》さんが覚悟《かくご》を決めた感じで立ち上がった。

　こぶしを握《にぎ》り締《し》めて、やけくそ気味に叫《さけ》ぶ。

「ゆーくん！　ストレス発散しに行こう」

「ストレス発散？　どこに？」

おもむろにキャリーケースを抱《かか》えると、ベッドルームに入ってドアを閉める。着替《きが》えてるのか？　その衣擦《きぬず》れの音にドキドキしていると、ドアが勢いよく開いた！

「さ、行こ！」

榎本《えのもと》さんの格好を見て、俺は呆《ほう》けた。

なぜか超《ちょう》ラフなTシャツにジーンズといういで立ちだった。しかも肩《かた》から大きなタオルを掛《か》けてある。完璧《かんぺき》に普《ふ》段着《だんぎ》スタイルの榎本《えのもと》さんも超《ちょう》可愛《かわい》いぜって思ったけど、問題はその手に持っているものだ。

ペンライトだ。あのコンサートとかで振《ふ》り回《まわ》す光る棒。

「榎本《えのもと》さん。何それ？」

「あ、ゆーくんのはこれ」

ペンライトを渡《わた》される。なかなかのフィット感で、握《にぎ》り心地《ごこち》は最高だ。

それで、これを何に使うのか。俺が首をかしげていると、榎本《えのもと》さんがわくわくした感じで言った。

「これから行くのは、わたしの聖地だよ」

「……はい？」

その答えは、ほどなくして出るのだった。

♣
♣♣

後楽園《こうらくえん》ホール。

それは東京ドームシティ内にあるイベント会場だ。後楽園ホールビルの5階。収容人数2千人を誇《ほこ》る巨大《きよだい》なイベントホールの中央に正方形のリングを有しており、全国からプロレスやボクシングのファンが集まる。

早い話、有名な格闘技《かくとうぎ》の会場らしい。今夜はプロレスの興行が行われていた。

リングの真ん前の席で、俺と榎本《えのもと》さんは場違《ばちが》い感マックスで観戦していた。いかにも高校生らしい二人が、最前席でペンライト振《ふ》っているのは珍《めずら》しいようだった。さっきから主催側《しゆさいがわ》のスタッフさんたちもチラチラ見てるし。

「榎本《えのもと》さん。プロレス好きだったんだね……」

「うん。小学生の頃《ころ》から見てる」

そうなのか。ちょっと意外……でもないか。いつも日葵《ひまり》に喰《く》らわすアイアンクロー、我流《がりゆう》にしては動作が綺麗《きれい》すぎると思った。

リングの上では、漫画《まんが》で見るような派手なマスクをつけたプロレスラーが、長髪の厳《いか》ついプロレスラーにアタックを仕掛《しか》けているところだった。

腕《うで》をL字に横に曲げて、肘《ひじ》のあたりで相手をぶん殴《なぐ》るエルボーって技。素人《しろうと》の俺でも知ってる攻撃《こうげき》だ。

長髪《ちょうはつ》さんはちょっと仰《の》け反《ぞ》ったと思うと、電光石火《でんこうせっか》のごとき勢いで反撃《はんげき》に転じる。マスクさんの視界の外から腕《うで》を回して、その首を抱《だ》きかかえるように引き寄せた。あれも見たことあるけど、ええっと……。

「榎本《えのもと》さん。あの技《わざ》、なんだっけ？」

「あれはヘッドロック。プロレスの基本技《わざ》の一つだよ。極《き》まったらなかなか抜《ぬ》け出《だ》せないけど、返し技《わざ》も多いから……あっ」

榎本《えのもと》さんの言うとおり、マスクさんは長髪《ちょうはつ》さんの胴体《どうたい》に片腕《かたうで》を回すと、もう片方で足を抱《かか》える。一瞬《いっしゅん》、リングから浮《う》いた長髪《ちょうはつ》さんの身体《からだ》を、そのまま膝《ひざ》に叩《たた》きつけた！

観客から「おおっ」と歓声《かんせい》が上がる。

榎本《えのもと》さんが興奮気味に、ペンライトを振《ふ》り回《まわ》した。なお、他にこのアイテムを持っている観客は一人としていない！

榎本《えのもと》さんがいつものちょっとクールな表情のまま、滔々《とうとう》と語ってくれる。

「今のはワンハンド・バックブリーカー。バックドロップの派生技《わざ》の一つで、ヘッドロックの返し技《わざ》として有名なの。単体でも仕掛《しか》けられることが多いんだけど、ダイナミックな見た目と違《ちが》ってタイミングとテクニックが必要な繊細《せんさい》な技《わざ》なんだよ。何より相手を持ち上げる過程がある以上、体重の重いプロレスラー相手には決めづらいから。あ、ちなみに最初にこの技《わざ》を編み出したのはビル・ロビンソンだって言われてて、他にもペドロ・スペシャルとかドラゴン・バックブリーカーっていう名前で使用してる歴代の選手も――」

「わかった！　わかったから、ちょっと待って！」

情報の暴力に圧倒《あっとう》される。

さては榎本《えのもと》さん、表情は普段《ふだん》通り気取ってるけど実はかなり興奮してんな？

そうこう言っているうちに、リング上ではさらなる攻防《こうぼう》が繰《く》り広《ひろ》げられていた。俺の知ってる技《わざ》っぽくても微妙《びみょう》に使い分けが違《ちが》うらしく、その都度《つど》、榎本《えのもと》さんが的確に注釈《ちゅうしゃく》を入れてくれる。映画の音声解説システムみたいだ……。

（おおっ……）

すごい。力強い。

プロレスってテレビのニュースとかでは見たことあるけど、リアルでは迫力《はくりょく》が全然違《ちが》う。飛び散る汗《あせ》とか生々しいし、衝突《しょうとつ》したときの「ボゴッ」みたいな鈍《にぶ》い打撃《だげき》音が肝《きも》を冷やす。とても人間の身体《からだ》の衝突《しょうとつ》とは思えない。腕《うで》周りが俺の胴体《どうたい》ほどの巨軀《きょく》から繰《く》り出《だ》される技《わざ》もさることながら、それを受けきる対戦相手も凄《すさ》まじい……。

「めっちゃ痛そう……」

「プロレスは紳士《しんし》の格闘技《かくとうぎ》だから大丈夫《だいじょうぶ》。ちゃんと身体《からだ》を鍛《きた》えてるのわかってるし、観客へ

のパフォーマンスで派手にやってるだけ」

「ははあ、なるほど。でも、痛いのは痛いんじゃ……？」

「…………」

榎本《えのもと》さんはしばし無言の後……やがて花開くような笑顔《えがお》で微笑《ほほえ》んだ。

「えへ」

おい。なんで今の誤魔化《ごまか》した？

あ、さてはそこ肯定《こうてい》すると、いつも日葵《ひまり》にやってるの咎《とが》められると思ったんだな？　俺も一回やられたし無駄《むだ》だけど？

ほどなくして試合が終了《しゅうりょう》した。終始優勢だったマスクさんの勝利だ。

次の試合までの休憩《きゅうけい》の間、売店でホットドックとドリンクを買ってくる。すぐに次の試合が始まった。何試合もするらしいし、けっこうスピーディに進むんだな。

……やがて今日の興行が終わると、俺たちはホールを後にした。ちょっと気温の下がった温《ぬる》い風が、熱気にあてられた肌《はだ》にちょうどいい。

すっかり興奮した俺は、ちょっと大胆《だいたん》に叫《さけ》んだ。

「めっちゃ格好よかった！」

「わたしも本物見れてよかった！」

二人でイエーイと謎《なぞ》のハイタッチを交《か》わす。

　いやあ、すごかった。最後の一つ前の試合とか熱すぎた。榎本《えのもと》さんの説明によると、けっこう経歴に差がある組み合わせだったらしい。強いほうが胸を貸す、と言えばいいのか、とにかくそんな感じの試合になると思われた。でも予想に反して、一方的に攻撃《こうげき》されてフラフラになったところから鋭《するど》いカウンターで一発ＫＯだ。素人目《しろうとめ》にも、あれはすごく格好よかった。

「ジャイアントキリング！」

「ジャイアントキリング！」

　イエーイとハイタッチ。

　試合の興奮とか旅行の疲《つか》れとかで、ちょっとテンションが変だけど気にしない。だってここは地元から遠く離《はな》れた東京だ。俺たち以外に、俺たちを知ってる人はいないのだから。

　榎本《えのもと》さんが、俺の顔を下から覗《のぞ》き込《こ》むようにする。

「ゆーくん」

「どうしたの？」

　そして俺の腕《うで》を取ると、ぎゅーっと身体《からだ》を寄せてくる。

　俺は何か言おうとしてやめた。これは日葵《ひまり》ともやってたコミュニケーションだ。それに、こんなにいい気分なのに水を差すのはよくない。

　榎本《えのもと》さんは嬉《うれ》しそうに、俺に言った。

「明日からもたくさん楽しもうね」

「……そうだね」

都会の空が狭《せま》い。

星が見えない。

ここは、地元から遠く離《はな》れた東京だ。

日葵《ひまり》は今、何してんだろうな。そんなことを考えながらポケットに手を入れて……そういえばスマホないんだった、とため息をつく。

そして俺は、神に祈《いの》るように両手を組んだ。

……榎本《えのもと》さんとの同室、日葵《ひまり》にバレませんように。

♡♡♡

ホテルに戻《もど》って、シャワーを浴びた。

熱いお湯が肌《はだ》を弾《はじ》いて、汗《あせ》と一緒《いっしょ》に火照《ほて》りを流していく。そうしながら今日一日のことを振《ふ》り返《かえ》ってみると、とても満足のいく一日だった。

しーくんの策略で、予定通りゆーくんと東京旅行。ゆーくんは優《やさ》しいから、絶対にわたしのお願いを聞いてくれるって信じてた。ひーちゃんの手の届かないところで、ゆーくんを独《ひと》り占《じ》め……。

「えへへへ……」

口元がユルユルになるのを、両手で押さえる。

すごく楽しかった。ゆーくんとこんなにたくさん二人きりだなんて、きっと初めて。これがあと6日も続くなんて夢みたい。このまま夏休みが終わらなければいいのに。

今日だけで、たくさん二人だけの思い出ができた。

可愛《かわい》いネックレスもプレゼントしてもらえたし、ネコチャンとも遊んだし、たくさん記念写真も撮《と》った。今のところ100点満点。

（……ただ一つ、うちのお姉ちゃんの余計なお節介《せっかい》を除けば）

さっきのお姉ちゃんとのビデオ通話を思い出して、ハアッとため息が出る。……わたし、そんなつもりじゃないのに。ゆーくんに誤解されたら嫌《いや》だな。

広くて綺麗《きれい》なバスルームを見渡《みわた》す。泡々《あわあわ》のジャグジーとかお洒落《しゃれ》すぎて、まるでお姫《ひめ》様になったような気分だった。

お姉ちゃんが取ってくれたホテルは本当にいい部屋で……悔《くや》しいけど、やっぱりあの人はお仕事すごく頑張《がんば》ってるんだなって思い知らされる。きっと適当にやってるような人は、こんないい部屋をぽんと取ってあげられるような立場になれないから。

広いバスタブに浸《つ》かりながら、眼下の景色を見下ろした。

果てしなく続く真っ暗な地平線。その大地に、おびただしいほどの灯《あか》りが散りばめられている。

まるで宝石でもばらまいたような……あるいは満天の星空を見下ろしている気分だった。もしかしたら、天からすべてを見下ろす神様はこんな気分なのかもしれない。

夜がこんなに明るいなんて、全然知らなかった。

その気持ちは、あのときに似ている。

真っ赤なハイビスカスの星々を、初めて見上げたあの日のような。

(……ゆーくんも、これ見たら同じこと思うかな?)

そうだったらいいな。

そんなことを考えながら、お風呂《ふろ》から上がる。洗面台の前で身体《からだ》を拭《ふ》いて、ふわふわのバスローブを着用した。濡《ぬ》れた髪《かみ》をバスタオルで拭《ふ》きながら、リビングに顔を出す。

ゆーくんはソファの上に寝転《ねころ》がって、テレビを見ているようだった。夜のニュース番組が流れていて、そっちに釘付《くぎづ》けっぽい。

プロレス観戦でちょっとテンション高めのわたしは、悪いことを企《たくら》む。こっそりと後ろから忍《しの》び寄《よ》って、ソファの背もたれの後ろから身体《からだ》を乗り出した。

「ゆーくん。お風呂《ふろ》あがったよ!」

……あれ?

反応がないなあと思ったら、ゆーくんは寝落《ね》ちしていた。……耳を澄《す》ませば、静かな寝息《ねいき》が聞こえる。

（むぅ。まだ10時すぎなのに……）

夜に遊ぼうと思って、トランプとか持ってきたのに。

わたしは予想外のことに、ちょっと頰《ほお》を膨《ふく》らませる。腹いせに、ゆーくんの鼻をつまんだ。するとロを開けて深呼吸を始める。鼻を手離《てばな》すと、ロが閉じた。なんか面白《おもしろ》い……。

ゆーくんの寝《ね》てるソファは広い。というか、うちのベッドよりも大きい。ゆーくんの頭の上あたりに身体《からだ》を預けて、ぼんやりとその顔を眺《なが》める。ちょっと無愛想っぽいけど、なんとなく幸せそうな寝顔《ねがお》だった。

（……ひーちゃんの夢、見てるのかな）

そんなことを考えながら、前髪《まえがみ》を搔《か》き分ける。額をツンツンと撫《な》でてみた。すると「や、やめて！　種を飛ばさないで！」ともにょもにょ寝言《ねごと》を呟《つぶや》いた。……ひーちゃんじゃなくて花の夢だったみたい。

テレビのチャンネルを入《い》れ替《か》えていくと、夜のバラエティ番組になった。しばらく見ていたけど、やっぱり一人じゃつまんなくて消してしまう。

ゆーくんは、すやすやと眠《ねむ》っていた。完全に熟睡《じゅくすい》してる。その頰《ほお》を、ぺしぺしと叩《たた》いてみた。もちろん反応は薄《うす》い。

「もうー。ゆーくん。遊ぼうよー……」

ちょっとむくれて見せるけど、よく考えれば疲《つか》れて当然か。昨日は海水浴で、今日は早朝から東京旅行だもん。

その無防備な顔を見つめながら、ふいに衝動《しょうどう》に駆《か》られる。

「……親友キスだから、いいよね？」

その寝顔《ねがお》を見下ろした。

無警戒《むけいかい》。ゆーくんはわたしのことを信用していて、だからこそ一緒《いっしょ》の部屋でも大丈夫《だいじょうぶ》って言ってるんだし。

その信用を、わたしは悪戯《いたずら》に弄《もてあそ》ぶ。

そのことを想像すると、ちょっとだけぞくっとした。

……大丈夫《だいじょうぶ》。

ゆーくんは、わたしのこと許してくれる。だって、わたしたちはお互《たが》いに特別だもん。初恋《はつこい》の二人が、奇跡《きせき》みたいに再会した。ゆーくんだって気づいてないだけで、本当はわたしのこと好きだもんね？

とくとくと高鳴る心臓。

ぎゅっとバスローブの胸元《むなもと》を握《にぎ》って、耳元の髪《かみ》を掻《か》き上げる。ゆっくりと上体を落としていって、ゆーくんの寝顔《ねがお》に近づく。

ちゅっと額に唇《くちびる》を当てた。

「…………」

止めてた息を、ぷはあっと吐《は》き出《だ》した。

熱くなった顔を冷ますように、パタパタとバスローブの襟《えり》で扇《あお》いだ。急に自分のやろうとしたことが恥《は》ずかしくなって、うう～っと手で顔を覆《おお》った。

（……やっぱり、それはダメ）

それはルール違反《いはん》。

わたしは、ひーちゃんみたいにはならない。ちゃんと正々堂々、ゆーくんをもらっていくって決めたんだから。

なんか反応があるかと思ったけど、ゆーくんは静かに眠《ねむ》ったままだった。わたしはちょっと残念な気分で、ベッドルームからブランケットを引っ張ってきて肩《かた》にかけてあげる。

テレビを消して、明かりを消す。窓の外は明るくて、このお洒落《しゃれ》な部屋が幻想的《げんそうてき》に浮《う》き上《あ》がっていた。

ダブルベッド用の大きなブランケットにわたしも一緒《いっしょ》にくるまって、その場で目を閉じた。

「おやすみ。ゆーくん」

明日もきっと、楽しいから。

こんな日が、ずっとずっと続くはずだから。

今はひーちゃんが好きでもいいよ。

今のわたしは、親友でもいいよ。

だからこの旅行の間だけは、わたしだけのゆーくんでいてね？

Ⅳ

〝真の友情〟

日葵《ひまり》と一緒《いっしょ》に、学校の花壇《かだん》で花の種をまいていた。

秋と冬の間に咲《さ》くものを中心に、新しいアクセのための花を植えているのだ。スコップを自分の手足のように扱《あつか》う日葵《ひまり》。まるで俺たちの関係のように熟練した手際《てぎわ》だ。

ジャージを泥《どろ》で汚《よご》しながら、日葵《ひまり》がにこっと微笑《ほほえ》みかける。

「悠宇《ゆう》。綺麗《きれい》なお花を咲《さ》かせようね♡」

その笑顔《えがお》が死ぬほど可愛《かわい》く、同時に照《て》れ臭《くさ》い。俺は「まあ日葵《ひまり》より綺麗《きれい》な存在はいないんだけどな」とか思いながら、一緒《いっしょ》に種を植えていた。

穏《おだ》やかな時間だ。これが一生続けば、間違《まちが》いなく幸せだろう。そんなことを思いながら、俺は土の上から水をかけた。

すると妙《みょう》なことが起こった。

種を植えたばかりの土がもこっと盛り上がり、ぴょこんと発芽した。いくらなんでも早すぎる。そう思ったけど、日葵《ひまり》が「わーすごいねー」と感心してるから、俺もまあそんなもんだろって納得《なっとく》したんだ。

二人で眺《なが》めていると、さらに変化が起こった。

にょろにょろと瞬《また》く間《ま》に成長していくと、やがて見上げるほど巨大《きょだい》な花を咲《さ》かせた。これは絶対に変だと思ったんだけど、日葵《ひまり》が「でっかいねー」なんて拍手《はくしゅ》してるものだから、俺もまあそんなもんだろって納得《なっとく》したんだ。

で、その花が花弁を閉じると、ぷくっと風船みたいに膨《ふく》らんだ。次の瞬間《しゅんかん》、ぺぺぺぺっと種の弾丸《だんがん》を飛ばしてくる。俺の額に命中して、俺は「ぐあっ！」って仰《の》け反《ぞ》った。さらに飛んできたので「や、やめて！　種を飛ばさないで！」と逃《に》げ回《まわ》る。

日葵《ひまり》は「わーお花キレー」なんて言いながら、その花にバクンッと頭から喰《く》われていた。脚《あし》をバタバタしながら「わーお花キレー」を繰《く》り返《かえ》すのは軽くホラー。絵面としてはウッウに食われたピカチューみたいだ。

「日葵《ひまり》！　今、助ける！」

スコップを持って駆《か》けだした。でも、それは叶《かな》わない。

突然《とつぜん》、世界が闇《やみ》に覆《おお》われたのだ！

（なんだ？　何も見えない……？）

しかし次の瞬間《しゅんかん》、ライトスポットが当てられる。あまりの眩《まぶ》しさに俺は手をかざして、その場所を確認《かくにん》した。

正方形のリングだ。同時に、レフェリーらしきポロシャツ姿の雲雀《ひばり》さんが立っていた。白い歯をキランッと輝《かがや》かせて「悠《ゆう》宇くんに有利なジャッジをすることを誓《ちか》おう！」と堂々と不正を宣言する。

そして対面に、対戦相手の女子が立っていた。謎《なぞ》の猫耳《ねこみみ》マスクを装着した、明らかに榎本《えのもと》さんっぽい制服女子。

「え、榎本《えのもと》さん……？」

榎本《えのもと》さんは首を振《ふ》った。

「榎本《えのもと》さんじゃない。マスク・ド・リンチャン」

ネーミングがだっせえ……。

俺がドン引きしていると、榎本《えのもと》さんがシュバッとアイアンクローの構えを取る。

「ひーちゃんを助けたければ、わたしを倒《たお》して」

「マジかよ。まったく勝てる気がしない……」

リングの外では日葵《ひまり》と花の怪物《かいぶつ》が一緒《いっしょ》にポップコーンを食べながら、こっちに野次を飛ばしている。あれ？　助けるまでもなく、そこにいるんだけど……？

俺が戸惑《とまど》っている隙《すき》に、榎本《えのもと》さんが動いた！

俺に腕《うで》を伸《の》ばしてくる。フェイントもない、なんて素直《すなお》で直線的な攻撃《こうげき》。榎本《えのもと》さんの得意技《とくいわざ》はアイアンクロー。腕《うで》にさえ注意を払《はら》っていれば、避《よ》けることは容易《たやす》いことで……いだだだだ⁉　ちょ、こら！　後ろから真木島《まきしま》のやつが出現して「ナハハハ」と高笑いしながら俺を羽交《はが》い絞《し》めにした！

そして榎本《えのもと》さんが迫《せま》る！

「ゆーくん。覚悟《かくご》！」

「ええ⁉」

俺の顔を両手で包んで、正面からめっちゃ可愛《かわい》いキス顔を向けてくる。

「やめろーっ⁉」

「親友キスだから大丈夫《だいじょうぶ》」

「それ大丈夫《だいじょうぶ》じゃな……てか日葵《ひまり》！　マジで助けて！」

あれっ⁉　その日葵《ひまり》は、なぜか紅葉《くれは》さんと熱い握手《あくしゅ》を交《か》わしながら「アタシ、世界一のモデルになる！」って燃えている。その心変わりはなんでだよ⁉

そうこうしている間に、榎本《えのもと》さんの唇《くちびる》が迫《せま》る！

「ゆーくん……♡」

「ちょーっ⁉　マジでやめ、やめろおお――――っ‼」

♣♣♣

──ハッと目を覚ました。

眼前に迫《せま》る榎本《えのもと》さんの顔を、反射的に手のひらでベシッと遮《さえぎ》る。

「んがっ……」

榎本《えのもと》さんが小さな悲鳴を上げた。

心臓がドッキンドッキンと高鳴っている。ここはどこだ？　あのリングは何だったの？　花の怪物《かいぶつ》は？　てか、紅葉《くれは》さんに連れていかれそうな日葵《ひまり》を助け……あ、夢か。

ハアァッと深く息をつく。

（そういえば、榎本《えのもと》さんと東京にきてるんだった……）

マジで変な夢を見た。けっこう疲《つか》れてたんだな。

そんなことを考えながら……なんで疲《つか》れてるんだっけ？　てか、ちょっと眩《まぶ》しいな。さすが上層階のスイートルーム、いつもより日の光が強い。

しかし問題は、俺の身体《からだ》を締《し》め上《あ》げる妙《みょう》な圧迫《あっぱく》感と幸せな感触《かんしょく》……。

目の前で幸せそうな寝息《ねいき》を立てながら俺をぎゅーっと抱《だ》き枕《まくら》にする絶世の美少女。バスローブが肩まではだけて、とても目のやり場に困る。……そういえば榎本《えのもと》さん、寝《ね》てるとき抱《だ》きつき癖《ぐせ》あったっけ？

普通《ふつう》なら悲鳴あげてるところだけど、さっきの夢の衝撃《しょうげき》のせいで感情がついていかない。なんでこんなことになってるんだ？　昨日、榎本《えのもと》さんのシャワー待ちながらテレビ見てた後の記憶《きおく》が……あ、俺が寝《ね》落ちしたのか。

そして榎本《えのもと》さんはベッドで眠《ねむ》らずに、こっちで同じように寝《ね》落ちしたんだろう。あっちの高級ベッドで寝《ね》ればよかったのに。たぶん寝顔《ねがお》観察されてたんだろうなって思うと、死ぬほど恥《は》ずかしい。

……初恋《はつこい》の美少女の抱《だ》き枕《まくら》。

一見、ものすごく幸福に見える。でも実際のところは、そう見えるだけだ。なぜなら、さっきから俺は抜《ぬ》け出《だ》そうと苦心してるのにまったく動けない。これは抱《だ》き枕《まくら》というより羽交《はが》い絞《じ》めでは……？

（やばい、やばい。早く抜《ぬ》け出《だ》さないと、また夢の中で唇《くちびる》を狙《ねら》われる……）

もぞもぞと動いていると、ふと榎本《えのもと》さんが呻《うめ》いた。その瞬間《しゅんかん》、ぱちっと目を覚ます。黒真《しん》珠《じゅ》のような漆黒《しっこく》の瞳《ひとみ》が、俺をじーっと映していた。

とりあえず榎本《えのもと》さんの流儀《りゅうぎ》に則《のっと》って、挨拶《あいさつ》から始めてみる。

「お、おはよう。榎本《えのもと》さん」

「…………おはよ」

寝《ね》ぼけた榎本《えのもと》さんが「んぅ。お姉ちゃん、もうちょっと……」と再び眠《ねむ》りの世界へと旅立とうとして……再びギンッと目を見開いた。

「～～～～～～～～～～～～～～～～っ⁉」

言葉にならない悲鳴を上げると、慌《あわ》ててバスルームへ飛び込んでいった。

解放された俺は、ソファからふわふわのラグにずり落ちた。いやー、さすが東京。刺激《しげき》的な朝だなあ。恋愛《れんあい》ルーキーにはきっついです……。

そしてぼんやりと、さっきの夢のことを思い出した。日葵《ひまり》をパックンチョした花の怪物《かいぶつ》よりも、さらにセンセーショナルな猫耳《ねこみみ》マスクさんのキス顔……。

ソファの隅《すみ》から、ふかふかのクッションを引き寄せる。それに顔をぼふっと押し付けると、思いっきり叫《さけ》んだ。

「あああああああああああああああああああぁぁぁぁぁぁ……ッ‼」

夢の中まで榎本《えのもと》さんにキス迫《せま》られるとかバカなんじゃねえの俺‼　俺には日葵《ひまり》っていう世界一可愛《かわい》いカノジョがいるの！　断じて！　期待なんか！　していない‼

ぜえぜえと荒《あら》い呼吸を繰《く》り返《かえ》しながら、朝の都会を窓から見下ろした。たくさんの高層ビルと、会社に向かうスーツの人たちが見える。

花が、花がほしい……。

花がないから、こんなに心がざわつくんだ。花さえあれば、もっと落ち着ける。このテーブルの上に、花を生けたい……。

とか考えていると、備え付けの客室電話が鳴った。通話ボタンを押すと、ホテルのフロントが挨拶《あいさつ》をする。

『夏目《なつめ》様に、榎本《えのもと》様より外線が入っております』

「え、俺に？」

すぐに紅葉《くれは》さんの明るい声がした。

『やっほ～☆　ゆ～ちゃん、綺麗《きれい》なお花なら銀座《ぎんざ》がいいと思うよ～♪』

「なんで俺の考えてることわかるんですか⁉　盗聴器《とうちょうき》とか仕掛《しか》けてないですよね！」

『うふふっ。ゆ～ちゃん、わかりやすいからね～。そんなんじゃクリエイターとして一人前になれても、すぐ悪い人に騙《だま》されちゃうぞ～？』

「……そ、それで何の用ですか？」

悪い人なら今話してますよ、と口を滑《すべ》らせなかった俺はマジで偉《えら》い。

『ヒド～い。用事がなきゃ電話しちゃいけないの～？』

「どっちかと言えば、紅葉《くれは》さんはそういうタイプだと思うんですけど……」

基本、いつもヒドいこと企《たくら》んでるし。旅費とかホテルのことは感謝してるけど、そもそも拉《ら》致《ち》ってあんた……。

紅葉《くれは》さんはいつものように、容姿に似合わぬ子供っぽいリアクションで「ぷんぷん！」と不《ふ》機嫌《きげん》をアピールしてくる。

『せっかく、ゆ〜ちゃんに面白《おもしろ》い話を持ってきてあげたのにな〜？　そんなこと言うなら、お姉さん言うのやめちゃうぞ〜？』

「面白《おもしろ》い話？」

『あれ〜？　気になるかな〜？』

「……まあ、そりゃ気になりますけど」

怖《こわ》いもの見たさというか、そんな気分で。正直なところを言えば、聞かずに電話を切るのが一番利口だとはわかってるけど。

『じゃあ〜、今日は一緒《いっしょ》にディナーしよっか〜』

「いや、この電話で言ってくれれば……」

『いいじゃ〜ん。わたしだけ除《の》け者《もの》にしないでよ〜』

「昨日、仕事が忙《いそが》しいって言ったの紅葉《くれは》さんじゃないですか……」

寂《さび》しがり屋の兎《うさぎ》さんなの？

紅葉《くれは》さんのこういうところ、冗談《じょうだん》なのか本気なのかマジでわかんないな。

「俺は問題ないですけど、榎本《えのもと》さんが昨日からキレまくってますよ？　そっちはどうするんですか？」

『ええ〜？　榎本《えのもと》さんだなんて、まだそんな他人行儀《たにんぎょうぎ》な呼び方してるの〜？　ゆうべはお楽しみだったんでしょ～？』

「ドラクエのネタで茶化《ちゃか》さないでください。俺はすぐ寝《ね》ちゃいましたから」

『う～ん。一晩、一緒《いっしょ》に過ごして進展なしか～。さすがに凛音《りおん》が可哀想《かわいそう》になっちゃうな～？』

うるさいよ!?

まったく、そういう関係じゃないって言ってるでしょうが。俺には！　世界一可愛《かわい》い！日葵《ひまり》というカノジョがいるんです！

紅葉《くれは》さんはクスクスと笑うと、冗談《じょうだん》は終わりって感じで告げた。

『日本橋駅《にほんばしえき》の近くに～、美味《おい》しいオムライスのお店があるんだ～。銀座《ぎんざ》も近いし、お花を買ったらそこで合流しようね～♪』

「そういえば、さっきも言ってましたね。でも銀座《ぎんざ》って、なんかフラワーショップのイメージないんですけど……」

銀座《ぎんざ》と言えば、ハイソなお洒落《しゃれ》街のイメージだ。政治家やブランドに身を包んだオジ様、そういった人たちが行《い》き交《か》う場所のような気がする。

それなのにフラワーショップ？

俺が首をかしげていると、紅葉《くれは》さんは朗《ほが》らかに笑った。

『ゆ～ちゃんの東京のイメージってわかりやすいよね～。高級商業地ってことは、それだけ社交性アピールの需要《じゅよう》が高いってことだよ～♪』

「あ、なるほど。そういうことですか……」

花は贈《おく》り物《もの》に最適だ。そういう意味でも、フラワーショップが多いのだろう。ちょっと田舎《いなか》者《もの》丸出しで恥《は》ずかしい。

紅葉《くれは》さんは約束を取り付けると「また後でね～☆」と言って通話を切った。俺はふうっと息をつく。

（……俺にいい話？）

絶対に怪《あや》しいとか思っていると、まるでそれを見計らったかのようなタイミングでバスルームのドアが開いた。

ドキッとして振《ふ》り返《かえ》ると、榎本《えのもと》さんが顔を半分だけ出してこっちを窺《うかが》っている。その綺麗《きれい》な黒髪《くろかみ》や整ったフェイスが、きっちりとセットされている。びっくりついでに、身支度《みじたく》も済ませたらしい。

「……ゆーくん」

「な、何？」

紅葉《くれは》さんとの電話が聞こえてたのかと思ったけど違《ちが》った。榎本《えのもと》さんはモジモジしながら、ためらいがちに聞く。

「わたし、寝《ね》てるとき変なことしなかった？」

「………………」

難《むず》けぇぇえ。

この質問、対応が難しすぎでは？　なんと答えるべきか。変なこと、変なこと……寝《ね》てる間に唇奪《くちびるうば》われそうになるのは変なこと？

いや、言えるか!!

「えーっと。俺も起きたばっかりだったから、よく覚えてないっていうか……」

「…………」

あの、榎本《えのもと》さん？

ちょっと残念そうにしてるの何なの？　俺の理性にヒビが入っちゃうからやめてほしいのですけどねえ……。

♣♣♣

昼過ぎ、銀座《ぎんざ》に到着《とうちゃく》した。

伝統芸能の聖地である歌舞伎座《かぶきざ》を見上げながら、俺と榎本《えのもと》さんはさっそく記念に自撮《じど》りを行う。

すると榎本《えのもと》さんが、ちょっとわくわくした感じでリクエストを出す。

「ゆーくん。あの歌舞伎《かぶき》っぽいポーズやろう」

「歌舞伎《かぶき》っぽいポーズ？」

ああ、あれか。あの役者さんが片脚《かたあし》を出してキリッとするやつだ。確か「見得を切る」っていうんだっけ。

旅行も二日目ともなれば、俺の羞恥心《しゅうちしん》も可憐《かれん》な花びらのように薄《うす》くなってしまう。歌舞伎《かぶき》座《ざ》の荘厳《そうごん》な建物の前で、キリッとそれっぽいポーズで自撮《じど》りを決めた。

榎本《えのもと》さんが大層ご機嫌《きげん》な様子で、さっそく写真の顔に赤いラインを引いていく。

「ふふっ。ゆーくんの寄り目、面白《おもしろ》い……」

「榎本《えのもと》さんが誘《さそ》ったのに俺だけにやらせるとか恥《は》ずかしすぎる……」

歌舞伎座《かぶきざ》の公演時間を見てみたけど、当日席はすでに売り切れだった。昨日のプロレスの影《えい》響《きょう》で舞台《ぶたい》とか興味出てきたので、ちょっと残念だ。

改めて銀座の街並みを見回した。

このような伝統建築物があれば、その道路の向かい側には一面鏡張りの立派な近代ビルが建っている。

中央通《ちゅうおうどお》りの大きな交差点には、ヨーロッパ風のレトロな外観の百貨店が建っていた。さらに向こうにはユニクロなどのファストファッションのお店や、和紙やお香《こう》などを取《と》り扱《あつか》う老舗《しにせ》が軒《のき》を連ねる。新旧が共存する不思議な街だった。

「榎本《えのもと》さん、何を見ようか？」

「あ、わたし行きたいところある」

リサーチは完璧《かんぺき》らしい。さすが榎本《えのもと》さんだ。グーグルマップを頼《たよ》りに歩いていく彼女に、俺も並んでついていった。

♣♣♣

銀座三越《ぎんざみつこし》。

中央通り交差点の巨大《きょだい》商業ビルだ。有名な三越前《みつこしまえ》ライオン像が守る入口から店内へ。さすが高級商業地のシンボルだけあって、見渡す限りピカピカだ。俺たちはエスカレーターを使って、とあるテナントにやってきた。

フレデリック・カッセル。

パリに本店がある、世界的な洋菓子店《ようがしてん》である。その数少ない支店の一つが、この銀座三越《ぎんざみつこし》に入っているのだ。

ガラスのショーケースに整然と並べられた、まるで輝《かがや》かんばかりのショコラティエ。

定番商品であるパイ生地《きじ》に包んだミルフィーユを筆頭に、チョコレートケーキやクッキーシューなど。焼き菓子《がし》なら、定番のフィナンシェやブラウニーなどがあった。

照明の光を反射して宝石のように輝《かがや》くお菓子《かし》は、どれも凄《すさ》まじい美しさだった。これは絶対に美味《おい》しいってオーラが半端《はんぱ》じゃない。甘いもの好きな俺でなくとも、かなりテンションが上がるだろう。もはや芸術だ。

「すげえ。めっちゃ美味《おい》しそう……」

「こういう海外の有名店がお店を出してるのも、銀座《ぎんざ》の特徴《とくちょう》だってお姉ちゃんが言ってた」

「確かに、このフロア全体がそういう雰囲気《ふんいき》あるね」

「日本発の洋菓子店《ようがしてん》とかも、ここに本店があるところ多いらしいよ。本場で修業《しゅぎょう》した有名なパティシエが何人も店を開いてるんだって」

他の店を見回せば、もちろん同じように映《ば》えまくったお菓子《かし》を陳列《ちんれつ》している。

国内外、有名どころの商品はなかなか入手しづらい。それが一堂に介《かい》しているというなら、ファンにとってはありがたい場所だろう。

「でも、榎本《えのもと》さんは偉《えら》いよね」

「なんで？」

「旅行でもちゃんとお菓子《かし》のこと勉強しようって思ってるわけだし。俺なんか完全に観光気分だったのに……」

「…………」

俺が心から尊敬していると、なぜか榎本《えのもと》さんはきょとんとした。

「お菓子《かし》の勉強って何？」

あ、これ自分が食べたかっただけのやつですね……。

俺は自分の台詞《せりふ》が恥《は》ずかしくなってしまった。たった今、爆《ばく》上がりした株を返してほしい。

「ゆーくん。どれにする？」

「じゃあ、俺はミルフィーユで」

榎本《えのもと》さんも同じやつにした。

銀座《ぎんざ》三越《みつこし》の中には、休憩《きゅうけい》のためのテラスフロアがある。窓から差し込む日差しを浴びながら、買い物客がゆったりとした時間を過ごしていた。俺たちも途中《とちゅう》のフルーツジュース専門店でテイクアウトを購入《こうにゅう》して準備は万全《ばんぜん》だ。

空いていた窓際《まどぎわ》の席について、いざ実食。

長方形のミルフィーユ。濃厚《のうこう》なバニラクリームと、キャラメリゼさせたパイ生地《きじ》の黄金色《こがねいろ》の断層が映《ば》えまくりだ。まずはもちろん、榎本《えのもと》さんと並んで自撮《じど》りする。二人でカメラに向かってミルフィーユ差し出してるのが、なんか洋菓子《ようがし》店のPR写真みたいで笑ってしまった。

「いただきまー……あっ」

そこでやっと、俺は重大なことに気づいた。

「榎本《えのもと》さん。フォークない……」

「あ……」

テイクアウト専門店だから、基本は持ち帰りのお土産《みやげ》用だ。保冷剤《ざい》は入っているが、フォークはない。くそう、お願いしてみればよかった。

「どうしようか？」

「………」

榎本《えのもと》さんが、ケーキと俺を交互《こうご》に見ている。その戸惑《とまど》いの表情からは、考えていることがよくわかる。というか、俺も同じ気持ちだ。

この暴力的な甘い香り……とてもホテルまで待てない。

「よし。手づかみでいくか」

「ええっ⁉」

大丈夫《だいじょうぶ》、大丈夫《だいじょうぶ》。

ちゃんとそれぞれのお菓子《かし》に台紙ついてるし。器用に台紙を持って……お、いけた。台紙がしっかりしてて助かった。

見よ。このきめ細やかなクリームと、パリパリのパイ生地《きじ》の断層の煌《きら》めきを。美しい二重奏が、俺に向かって「食べて～ルルル～♪」と歌っているかのようだ。

もう辛抱《しんぼう》できない。俺はあーんと口を開けた。

「それではー……んん？」

榎本《えのもと》さんが、じーっと見つめている。

すごく不満そうだ。こんなに子供っぽく拗《す》ねた榎本《えのもと》さんの顔は見たことがない。とてつもなく不機嫌《ふきげん》を訴《うった》えたいのはわかるけど、可愛《かわい》くてもっと見たくなっちゃうからそれは逆効果だぞ榎本《えのもと》さん！

「榎本《えのもと》さん、食べないの？」

「………………」

自分の手をモジモジ絡《から》ませながら、ミルフィーユと俺を交互《こうご》に見る。あー、なるほど。さすがに女子が公共の場で手づかみは気が引けるのか。俺の配慮《はいりょ》が足りなかったやつですね……。

……しかし昨日は臆面《おくめん》もなく「にゃんにゃん」って言ってたのに。羞恥心《しゅうちしん》の合否ラインがわからん。

「じゃあ、ホテルに帰って一緒《いっしょ》に食べる？」

「それはそれでやだ。待てない」

「どうしろと……」

うちの二代目親友が我儘《わがまま》すぎるぜ。……あ、でもこの振《ふ》り回《まわ》されてる感じ、なんか懐《なつ》かしい気がして笑ってしまった。

すると榎本《えのもと》さんは何を思ったか、俺に向かって口を開けて見せる。

「あーん」

「………………」

マジかよ……。

なんで俺から食べさせてもらうのはアリなんだ。今度、その判定基準をマニュアル化して配ってほしい。

「ゆーくん。はよ」

「いや、俺が恥《は》ずかしいんだけど……」

「大丈夫《だいじょうぶ》。これは親友の範囲《はんい》内」

「その基準、ここにいる人たちにも共有できてるといいなあ……」

榎本《えのもと》さんが「いいからはよ」って膝《ひざ》をぺしぺし叩《たた》いてくる。

まさに雛鳥《ひなどり》に餌付《えづ》けする気分のまま、ミルフィーユを彼女の口元に添《そ》える。榎本《えのもと》さんはすぐにそれを齧《かじ》った。サクサクという軽快な咀嚼《そしゃく》音が、俺の心を満たしていく。

榎本《えのもと》さんは、頬《ほお》に手をあてて幸せそうに唸《うな》った。

「おいしぃ～……♡」

え、そんなに？　めっちゃ美味《うま》そうなんだけど。

俺がそわそわしていると、榎本《えのもと》さんがもう一個のミルフィーユを台紙ごと持ち上げた。そしてこっちに「あーん」してくる。なんで俺にするのはアリなんだ……。

「ゆーくん。すごくおいしい」

「いや、自分で食えるんだけど……」

「ううん。これはすぐに食べるべき。一緒《いっしょ》に。はよ」

「ううっ……」

黄金色《こがねいろ》のミルフィーユが俺を呼んでいる……ような気がした。

俺は意を決すると、同時にサクッと齧《かじ》った。サクッサクッ……サクッ……………サクッ……サクサクッ…………サクッ…………。

気が付けば、だばーっと涙《なみだ》が流れるような気分だった。

「うまぁ〜〜……」

「でしょ。すごいよね！」

なんだコレ。めっちゃ美味《うま》い。

俺の知ってるミルフィーユケーキと全然違《ちが》う。「ヘルシー志向って何のこと？」とばかりの濃厚《のうこう》でじわ〜っとくるバニラの甘みに感動していると、さらにキャラメリゼの蜜《みつ》でグサッと止めを刺《さ》されるような感覚。俺も自分で何を言ってるかよくわかんないけど、とにかくこの二重奏がやばいのだ。濃厚《のうこう》なのに、全く違《ちが》う味わいが代わる代わる味覚を刺激《しげき》する。

めっちゃ美味《うま》い。コレ食うために飛行機代払《はら》いたいマジで……。

「フフフ。満足……」

こんなに濃厚《のうこう》なのに、ぺろっとイケちゃう。夢の時間はあっという間だ。

俺が余韻《よいん》に浸《ひた》っていると、榎本《えのもと》さんも完食した。唇《くちびる》についたクリームを舐《な》めながら、俺のほうに聞いてくる。

「ゆーくん。もうおしまいのつもり？」

「……え？」

ぴくっと反応する。榎本《えのもと》さんの表情が、どこか挑発《ちょうはつ》的なものだったからだ。

なるほど。俺としたことが、つい平和ボケしていたらしい。甘いものスキーとして、あまりに自覚のない発言だった。

この銀座に世界の美味《おい》しいスイーツが集まっているというなら、まだまだ満足している場合ではない。その挑戦《ちょうせん》……受けて立とう。

「むしろ、これから本番って気分だったけど？」

俺の数少ない特技の一つ、ホールケーキを一人で食べられること。去年のクリスマス、うちのコンビニの半額になったケーキだけで一日を過ごしたりした。まあ、日葵《ひまり》に言ったら「二度とやっちゃダメ」って叱《しか》られたけど。

俺の返答に、榎本《えのもと》さんは「そうこなくちゃ」って感じでキランッと目を輝《かがや》かせた。

「ゆーくん。次行こう」

「よしきた」

世界的スイーツに感動してよくわかんないスイッチが入った俺たちは、本能の赴《おもむ》くままに店を制覇《せいは》していった。

♣♣♣

銀座《ぎんざ》にきた目的を完全に見失ってた俺たちは、ハッと我に返った。

あのカフェのマカロンすごかった。これまでマカロンはお土産《みやげ》のために買うものってイメージだったけど、アレは自分のために買いたい。一粒《ひとつぶ》ずつ模様が入ってお洒落《しゃれ》だし、いつか皿にたくさん盛って写真に残したい。

あの店のチョコレートカレーもやばかった。普通《ふつう》にめちゃ旨《うま》カレーなのに、しっかりチョコの風味があるの新境地。ほんと美味《おい》しかった。

ベルギー産のチョコも、バウムクーヘンも、フルーツパーラーも全部よかった。向こう一年くらいの甘味《かんみ》を食べきって、俺たちは大満足して地下鉄でホテルに帰ろうとした。

電車に乗る寸前にやっと「あ、フラワーショップ行きたかったんだ」って思い出して引き返したのだ。……危なかった。これが紅葉《くれは》さんとの約束だけだったら普通《ふつう》にホテルに帰ってたところだ。

フラワーショップは、よく注意を払《はら》えばそこかしこに点在していた。

しかも、どれもお洒落《しゃれ》の極《きわ》みって感じだった。商業ビルの一階に、大きな間口《まぐち》の店舗《てんぽ》を構えているところもあった。ショールームのようになったガラス張りの空間に、色とりどりのフラワーアレンジメントが並べてある。それを榎本《えのもと》さんと眺《なが》めながら、俺は非常に癒《いや》されていた。

ああ、やっぱり花はいい。見ているだけで心が落ち着く。きっとゲームで言うところのＭＰ回復の泉みたいな効果があるに違《ちが》いない。

ガラスの向こうにある花たちへ、俺は優《やさ》しく語りかけた。

「いつもと違《ちが》う生活の中でも、キミたちの美しさは忘れられなかった……」

「……ゆーくん。イケメン台詞《ぜりふ》でてる」

榎本《えのもと》さんのじとーっとした顔がガラスに映っている。うわ恥《は》ずかしっ。

ここ数日で急速に失われていた花成分を摂取《せっしゅ》して、つい理性が緩《ゆる》んでいた。しかしこの花たちは綺麗《きれい》だ。さすが地価が高いところは、花の品質も気を遣《つか》われているなあ。

榎本《えのもと》さんが、わくわくしながらスマホを構える。

「ゆーくん。イケメン台詞《ぜりふ》もう一回やって」

「撮《と》る気でしょ。絶対に嫌《いや》だよ」

「誰《だれ》にも見せないから。自分で楽しむだけ」

「楽しむって何を⁉」

マジで勘弁《かんべん》してほしい。あんなの残された日には、もう二度とお天道様《てんとさま》の下を歩けなくなっちゃうだろ。

「じゃあ、さっそく旅の相棒を探そう」

さっそく店内に入ってみる。悠々《ゆうゆう》とした広い店内に、たくさんのアレンジメントが飾《かざ》ってあった。

おお……。この咽《むせ》るような生花の香り。東京なのに、ちょっと懐《なつ》かしさを感じてしまう。思わず俺の足取りも軽くなった。榎本《えのもと》さんも楽しげに店内を見て回っている。

見回して感じたのは、とにかく品種のバラエティに富《と》んでいることだった。

ヒマワリ、ダリア、マリーゴールドなど季節ものの定番はもちろん、開花時期が過ぎたはずのバラやチューリップ、トルコキキョウなども当然のように陳列《ちんれつ》してある。他にも贈《おく》り物《もの》として人気の品種は押さえてあり、どれだけのコストがかかっているのかと圧倒《あっとう》される。

そしてレジの近くには『現在のアレンジメントのお待ち時間』と時間が表記してあった。つまり客の要望に合わせて、その場でアレンジメントをまとめてくれるということだ。この店内に飾《かざ》ってあるアレンジメントは、いわばサンプル品ということだろう。

地元ではすでに作ってあるものを買うのが基本だし、このサービスは非常にコストがかかるものだろう。それでも顧客《こきゃく》の心を摑《つか》むには必要ということだ。今もレジの向こうの作業台で、スタッフがアレンジメントをまとめていた。

これだけ細やかなニーズが期待される土地で生き残るのは、並大抵《なみたいてい》のことじゃない。この姿勢は尊敬すべきだ。

すると店の奥から、榎本《えのもと》さんが戻《もど》ってくる。やけに嬉《うれ》しそうな顔をしてると思ったら、あの花を見つけてきたらしい。

「ゆーくん。ハイビスカスあった！」

「え、マジか」

鉢植《はちう》えが並べてある棚《たな》に、鮮《あざ》やかな花を咲《さ》かせていた。ここにはピンクとオレンジの二色があり、それが織り交ぜられた鉢《はち》もある。

榎本《えのもと》さんが、それを見てほうっと息をついた。

「ハイビスカスって、鉢植《はちう》えで売られてるんだね……」

「ハイビスカスは越冬《えっとう》できるからね。秋に花を剪定《せんてい》して管理すれば、来年も綺麗《きれい》な花を咲《さ》かせるよ。沖縄とかだとハイビスカスの挿《さ》し木《き》がお土産《みやげ》として売られてるし」

榎本《えのもと》さんが「へぇー」と言いながら、その鉢植《はちう》えを観察する。

「でも、小学生のときに見たやつより小さいような……」

その疑問に、俺はここぞとばかりに意気込んで説明する。

「市場で出回ってるハイビスカスは園芸品種って言って、だいたいハワイとかで品種交配されたやつなんだよ。ほとんどは原種より花が小さいし、そういう理由もあるんじゃないかな」

フヨウ属に数えられるハイビスカスの園芸品種は、細かいものを含めると一万種類にも上ると言われている。

それは主に『ハワイアン系』『コーラル系』『オールド系』の三つに大別される。ここにあるのはレモンイエローと、ペインテッドレディという名前のオールド系園芸品種だ。

榎本《えのもと》さんが真剣《しんけん》な顔でスマホにメモっていた。真面目だ。

「じゃあ、あのときの植物園のハイビスカスは……」

「原種だったんだろうね。今はもう展示やってないから、確かめようはないけど……」

それに、あのときは俺たちも小さかった。小学生の視点からじゃ、園芸品種でも原種並みのインパクトを感じたのかもしれない。

ただ、そう考えるのはあまりにも味気なく感じて、俺はその言葉を飲み込んだ。

「榎本《えのもと》さん。ホテルに飾《かざ》るの何にしようか？」

すると榎本《えのもと》さんは、すでに決めていた様子だった。俺の手を引いて、同じように鉢植《はちう》えの棚《たな》に連れていく。そして真っ赤な花を指さした。

「わたし、この花がいいな」

てっきりハイビスカスだと思ったから、ちょっと意外だった。

「ゼラニウムか……」

テンジクアオイ属に分類されるポピュラーな多年草。元々はゲラニウム属に分類されていた名残《なごり》で、今でもゼラニウムという呼び名で親しまれる。

その香りのおかげで虫害が少なく、初心者でも育てやすいのが特徴《とくちょう》だ。ハーブとしてのゼラニウムは古くからヨーロッパで栽培《さいばい》され、虫よけやアロマオイルの原料として活用される。日本でも道端《みちばた》の花壇に植えられているのを見かけるだろう。

長く伸《の》びる花茎《かけい》の先端《せんたん》に、多数の星形の花をつける。夏の夜に遊ぶ手持ち花火のようなファンタジックな見た目だ。俺は小学生の頃《ころ》、ハリー・ポッターが杖《つえ》で魔法《まほう》を発射するのに似ているなあとか思っていた。

「どうしてこれを？」

榎本《えのもと》さんは両腕《りょううで》を組んで、得意げに説明する。だから胸が。

「ゼラニウムの花言葉が気に入ったから」

「花言葉？」

榎本《えのもと》さんはそれ以上、言わなかった。どうやら俺に当ててほしいようだ。

（ええっと、ゼラニウムの花言葉は……あっ）

その意味を察した。

ゼラニウムの花言葉は『尊敬』『信頼《しんらい》』――『真の友情』。

背中合わせにたくさんの花が寄《よ》り添《そ》う様子は、文字通り「背中を預ける親友同士」を表すようだ。つまり、これもニリンソウと同じように友情を示す花になる。

「榎本《えのもと》さん……」

その言葉に、胸に熱いものがこみ上げる。

榎本《えのもと》さんといい友だちでいようっていうのは、もしかしたら俺の独りよがりなのかもしれないと思うこともあった。だって、榎本《えのもと》さんは俺のことを好きだと言ってくれていたのだ。もしかしたら、俺の我儘《わがまま》に付き合わせてるだけかもしれないって……。

でも、こうして榎本《えのもと》さんから友情を示された。それが嬉《うれ》しかった。

あるいは中学の文化祭で、日葵《ひまり》の友情に震《ふる》えたあのときのような気分だった。俺はつい気持ちがあふれて、目元を拭《ぬぐ》う。ちょっと恥《は》ずかしい。

やっぱり榎本《えのもと》さんと再会できてよかった……とか一人で感動していると、榎本《えのもと》さんがえっへんとどや顔で宣言した。

「これを部屋に飾《かざ》って、旅行中の自戒《じかい》にするね」

「魔除《まよ》けのほうだったかあ……」

つまり、アレですね。また親友キスとか言い出したときは、これを掲《かか》げれば悪霊《あくりょう》が退散するってシステムか。絶対に必要じゃん。

俺はスタッフさんに、ゼラニウムの鉢《はち》植《う》えを注文した。なんとホテルに配達してくれるというので、明日の朝でお願いした。これから紅《くれ》葉《は》さんとの約束もあるし、めっちゃ助かった。

フラワーショップを出たところで、ふと思いにふける。

(榎本《えのもと》さんは、今の俺たちの関係をどう思ってるんだろう……)

表面上は親友だ。

でも、榎本《えのもと》さんは俺への好意を隠《かく》そうとしない。

そのアンバランスさに戸惑《とまど》い、そして助けられることもある。……それがどうにも俺に都合の良すぎる感じがして、ちょっとだけ気持ち悪い。

「ゆーくん。どうしたの？」

俺がそんなことを考えていると、榎本《えのもと》さんが顔を覗《のぞ》き込《こ》んでいた。俺は慌《あわ》てて顔を逸《そ》らしながら、誤魔化《ごまか》すように言った。

「いや、なんか久々の花の匂《にお》いに酔《よ》ったかも……」

「花の香りに？　ゆーくんにしては珍《めずら》しいね」

榎本《えのもと》さんは朗《ほが》らかに笑うと、俺に手を差し出した。手首の月下美人のブレスレットが、俺の下手《へた》な言い訳を嘲笑《ちょうしょう》するように光る。やっぱりこいつ意思持ってるわ。間違《まちが》いない。

「そろそろ、お姉ちゃんとの待ち合わせ場所行こ」

「あ、うん。そうだね」

榎本《えのもと》さんの手を取って、日本橋《にほんばし》のほうに歩き出す。同時に首元に見慣れない輝きが見えて、自分で買ってあげたくせに戸惑いを覚えた。……榎本《えのもと》さんはこの猫《ねこ》のネックレスを、どういう意味で受け取ったのだろうか。

♣♣♣

結局、紅葉《くれは》さんとの約束の一時間前に到着《とうちゃく》してしまった。

日本橋《にほんばし》あたりを散策していると、アクアリウムの展示を発見した。地元の水族館とは、ちょっと様子が違《ちが》うらしい。

榎本《えのもと》さんがキラキラと目を輝《かがや》かせる。

「ゆーくん。金魚だって」

「へえ。おもしろそうだね」

榎本《えのもと》さん、水生生物もイケる派らしい。

チケットを購入《こうにゅう》し、さっそく入館してみる。暗い館内を順路に沿って歩きながら、俺たちはすぐに感嘆《かんたん》の声を上げた。

「うわあ、すごいね……」

「綺麗《きれい》……」

暗闇《くらやみ》に、たくさんのアクアリウムがライトアップされていた。どうやら、アクアリウムで江《え》戸《ど》の風《ふ》情《ぜい》を表現するのがテーマらしい。

真っ赤な金魚たちが、紫色《むらさきいろ》にライトアップされた巨大《きょだい》なアクアリウムの中をゆったりと泳ぎ回っている。豊かな尾《お》びれを揺《ゆ》らしながら回遊する様子は、妖《あや》しい美貌《びぼう》を纏《まと》う遊女を表現しているかのようであった。

榎本《えのもと》さんがアクアリウムに手をかざした。ぼんやりとライトに照らされる彼女の横顔が、なぜか見たことない人の顔に見える。

「ゆーくん。これ、リュウキンかな」

「リュウキン？」

「金魚の種類だよ。背びれが高くて、尾《お》びれが長いやつ」

「榎本《えのもと》さん。詳《くわ》しいね……」

てっきりモフモフ専門家だと思っていた。この旅行は俺の知らない榎本《えのもと》さんがわんさか顔を出してくるなあ。

展示物の撮影《さつえい》はOKということで、さっそく恒例《こうれい》の自撮《じど》りを行う。

「フラッシュはオフにして……ゆーくん。撮《と》ってくれる？」

「俺が？　いいけど……」

スマホを受け取って、俺たちと背景のアクアリウムが入るように枠《わく》を合わせる。

「撮《と》るよー」

ピロンッとシャッターを押した。

撮影《さつえい》した写真を確認《かくにん》すると、隣《となり》の榎本《えのもと》さんが不思議なポーズを取っていた。両手の親指と人差し指で輪っかを作り、そこから両目を覗《のぞ》かせている。

……この旅行中、何度も自撮《じど》りをしたけど、こんなポーズは見たことなかった。

「榎本《えのもと》さん、このポーズは？」

榎本《えのもと》さんがちょっと照れた感じで「えへ」とはにかんだ。

「出目金《でめきん》……」

かわいっ。

つい口に出そうになって、慌《あわ》てて堪《こら》える。いや、言ったほうがよかった？　でもなんか恥《は》ずかしそうにしてるし、言わないほうがいいか……。

俺がよくわからない葛藤《かっとう》に試《ため》されているうちに、榎本《えのもと》さんがちょんちょんとパーカーの袖《そで》を引く。

「ゆーくん。次行こ」

「あ、うん」

暗い廊下《ろうか》に、時代劇で見るような丸窓があった。障子の間から、青いアクアリウムが覗《のぞ》いている。そこにも可愛《かわい》らしい金魚が泳いでいた。

「ほんとに金魚尽《づ》くしだね」

「うん。水族館とは違《ちが》って新鮮《しんせん》」

榎本《えのもと》さんも大層ご機嫌《きげん》だった。

次のエリアに、巨大《きょだい》な掛《か》け軸《じく》を模したアクアリウムがあった。壁《かべ》に埋《う》め込まれた長方形のアクアリウム。ライトをうまく使って、まるで墨《すみ》で描《えが》かれた金魚が掛《か》け軸《じく》の中を泳ぎ回るような演出が施《ほどこ》されている。

「すげえ。これ好きかも……」

「色合いはシンプルだけど、すごく凝《こ》ってるよね」

榎本《えのもと》さんの言葉が、すごく的を射ている。さっきの赤いアクアリウムと比べて、動と静のギャップが印象に残った。

二人で出目金《でめきん》ポーズを取って自撮《じど》りする。なんかハマった。

「あと、どのくらいだろ」

「半分くらいじゃないかな」

言いながら、再び廊下《ろうか》に出る。

その瞬間《しゅんかん》、俺たちは目を見張った。

——眩《まばゆ》く輝《かがや》くアクアリウムの天井《てんじょう》が、俺たちを照らしていたのだ。

凄《すさ》まじい光景だった。

正方形に区切られたアクアリウムが、それぞれ虹色《にじいろ》にライトアップされて俺たちを見下ろしている。水槽《すいそう》の中を優雅《ゆうが》に泳ぐ金魚たちの美しさに、俺たちは言葉を失って見惚《みと》れていた。

かつて江戸《えど》時代の豪商《ごうしょう》が、天井《てんじょう》にガラスの水槽《すいそう》を作って金魚を鑑賞《かんしょう》していたという。それを再現したらしいのだが、この世のものとは思えないほどの絢爛《けんらん》さだった。

「…………」

芸術の暴力だと思った。

これは、すごい。これに比べると、俺のフラワーアクセが非常にちっぽけなものだと思わされるような気がした。

しばらくして、榎本《えのもと》さんが興奮気味に言った。

「ゆーくん。すごいね！」

「う、うん」

榎本《えのもと》さんも非常に気に入ったようだ。それも納得《なっとく》だ。俺ですら、その美しさから目を離《はな》すことができなかった。

榎本《えのもと》さんは熱に浮《う》かされるように言った。

「あのときに似てるね！」

「あのとき？」

そこでやっと、榎本《えのもと》さんの横顔を見た。彼女は嬉《うれ》しそうに……どこか遠い記憶《きおく》を見つめるかのような表情で言った。

「わたしたちが初めて出会った植物園で見た、あのハイビスカス！」

「……う、うん。そうだね」

確かに、印象が似ている気がした。

まるで宇宙の星々を見上げるような光景。小さかった俺たちにとって、あのハイビスカスは途方《とほう》もなく大きくて遠いものだった。

——でも、その言葉にちょっとだけ違和感《いわかん》を覚えたのも事実だった。

さっきフラワーショップで、榎本《えのもと》さんとハイビスカスの実物を見た。あのとき榎本《えのもと》さんは嬉《うれ》しそうだったけど、これほどのリアクションではなかった。てっきり部屋に飾《かざ》る花は、あのハイビスカスを選んでくれるのだと思ってた。けど、選んだのはゼラニウムだった。

そういう気分だと言ってしまえば、それまでだ。

でも、俺にはちょっとチクリと残った。

次のエリアには、円柱型の柱を模したアクアリウムが並んでいた。それを眺《なが》める榎本《えのもと》さんの横顔に、ふと声をかけた。

「ねえ、榎本《えのもと》さん」

榎本《えのもと》さんはゆっくりと振《ふ》り返《かえ》った。

淡《あわ》く浮《う》かび上《あ》がる彼女の姿が、どこか頼《たよ》りないものに見える。いつもの彼女なのに、いつもと違《ちが》うように見える。……あるいは、これまで俺がちゃんと見ようとしなかっただけかもしれないけど。

「榎本《えのもと》さんは、どうして俺のことが好きなの？」

「…………」

カラカラの喉《のど》に、生唾《なまつば》を飲み込む。

心臓が強く脈打つのを感じながら、榎本《えのもと》さんの返事を待った。榎本《えのもと》さんはしばらく俺のことをじっと見つめていた。その表情は……読めない。

が、途端《とたん》に訝《いぶか》しげに首を傾《かし》げた。

「ゆーくん。いきなりどうしたの？」

「あ、いや……な、なんとなく」

素《す》で聞き返されて、俺のほうが恥《は》ずかしくなってしまった。

いや、冷静になると痛すぎる。カノジョがいるのに、他の女の子に「なんで俺のこと好きなの？」とか、どんだけイケメン気取ってんだよ。ノーベルアイタタ賞があれば、きっと俺が受賞するに違《ちが》いない。……動揺《どうよう》するにしてもネタが意味不明すぎる。

「ご、ゴメン。変なこと言っちゃった。俺、先に出口行っとくよ……」

慌《あわ》てて言い訳して、順路に沿って進もうとした。まだ二日目なのに、旅行の空気に毒されすぎだ。もしも人生でたった一度だけ時間を巻《ま》き戻《もど》すことができるなら、この瞬間《しゅんかん》に使いたい気分……。

でも、榎本《えのもと》さんが俺の袖《そで》をぎゅっと摑《つか》んで引き留める。

「……あの植物園のこと、今でも思い出せるよ」

立ち止まって、振《ふ》り返《かえ》る。

榎本《えのもと》さんの表情が、すごく真剣《しんけん》だった。そのまっすぐな美しさに見惚《みと》れて……つい足を止めてしまう。

「小さい頃《ころ》からお母さんが忙《いそが》しくて、なかなか遊んでもらえなかった。お姉ちゃんも年が離《はな》れてたし、あんまり構ってもらえなかった。久しぶりの家族旅行であの植物園に行って、すごく楽しみにしてたんだけど……お姉ちゃんは一人でどんどん歩いていって、わたしのことなんて見向きもしなくて……いつの間にかはぐれて一人ぼっちだった」

そう言って、自虐《じぎゃく》的な微笑《ほほえ》みを浮《う》かべる。

「わたし、誰《だれ》にも見てもらえない子なんだって思って泣いてた。でも、ゆーくんが見つけてくれて、一緒《いっしょ》にお姉ちゃんを探してくれて……その背中が、すごく大きく感じた」

そして一緒《いっしょ》に、あのハイビスカスを見た。

あの鮮烈《せんれつ》な光景に心を奪《うば》われて……。

──俺は花の美しさに目覚めて。

──榎本《えのもと》さんは。

「この人はきっとわたしを裏切らないって、なんとなくそう思ったの。ゆーくんと一緒《いっしょ》にいれば、きっとこのハイビスカスみたいな綺麗《きれい》なものをたくさん見せてくれるって」

そう言って、手首のブレスレットを握《にぎ》った。

一夜限りで枯《か》れる月下美人のような、儚《はかな》い笑顔《えがお》を浮《う》かべていた。

「ゆーくん、好きだよ。今はひーちゃんのことで頭が一杯《いっぱい》かもしれないけど、いつかわたしの気持ちにも気づいてね。……それまでは、わたしは親友で待ってるから」

「…………うん」

俺はその言葉に、小さくうなずいた。


……榎本《えのもと》さん。

きみにとって、大事なのはハイビスカスなの？

それとも、俺たちの『過去』なのか？


きみが俺に言う「好き」って言葉は……。

俺が日葵《ひまり》に言う「好き」と、本当に同じなのか？


でも、その言葉は胸《むね》の奥に仕舞《しま》い込んだ。

誰《だれ》かを好きって感情が、全部同じであるとは限らない。こんなことを真木島《まきしま》に言えば、きっと「他人の感情にケチをつけるとはナツも恋愛脳《れんあいのう》が仕上がってきたのではないか」と茶化《ちゃか》されるに違《ちが》いない。

だから、この胸に刺《さ》さったトゲは、きっと気のせいなんだ。

V

Turning Point. 〝顛〟

♡♡♡

日本橋駅《にほんばしえき》。

約束の時間になっても、お姉ちゃんはこなかった。

わたしとゆーくんは、二人で待ちぼうけ。帰宅する会社員やＯＬさんたちを眺《なが》めながら、花言葉クイズで時間を潰《つぶ》していた。

「ゆーくん。カサブランカは？」

「『高貴』」

「キキョウ」

「『変わらぬ愛』」

「じゃあ、アヤメ」

「えーっと、『変わらぬ心』……じゃなかった！　『よい便り』！」

スマホでチェックすると、正解だった。

わたしが拍手《はくしゅ》すると、ゆーくんは小さくガッツポーズする。何も見ていないのに全問正解だった。ちょっと得意げなゆーくんが可愛《かわい》らしい。

「最後、間違《まちが》いそうになったね」

「一つ前のキキョウに引っ張られた。『変わらぬ心』はスターチスの花言葉なんだよ。アヤメも合わせて、三つとも紫《むらさき》っぽい花だし」

なるほど、とスマホで検索《けんさく》してみた。

確かに、雰囲気《ふんいき》が似てるような気がする。でも、これを全部覚えてるゆーくんはすごい。ほんとに花が好きなんだなあって思った。

ゆーくんが、駅前の会社員たちを見ながら言った。

「しかし、紅葉《くれは》さん遅《おそ》いなあ」

「もう帰っちゃう？」

「いや、さすがにそれはダメでしょ……」

「向こうが遅《おく》れたんだからしょうがないよ。それにせっかくの旅行なんだし、お姉ちゃんに構ってる時間がもったいない」

「榎本《えのもと》さん。マジで紅葉《くれは》さんには容赦《ようしゃ》ないよね……」

それは当たり前。

わたしとの関係を捨てたのがあの人なら、勝手に家を出ていったのもあの人。今さら、あの人に愛着とかあるわけないし。

そもそも、ゆーくんを連れてきてくれた時点であの人の出番は終わってる。それを何だかんだ理由をつけて会おうとしてるのも、ほんとに意味わかんない。

「……っ⁉」

わたしは、ある可能性に気づいて戦慄《せんりつ》した。

いや、そんなことは……でも、そういうことだってあり得る。ううん。むしろ、そうじゃなきゃ説明がつかない。お姉ちゃんは気分屋さんだけど、興味のない相手にこんなにお節介焼《せっかいや》くことないんだし……。

わたしの脳裏《のうり》に、それはある種の確信となって閃《ひらめ》いた。

「まさか、お姉ちゃんもゆーくんことを……？」

「いや、マジでそれはないから……」

ゆーくんがうんざりしたようにツッコんだ。

わたしは反論するように、ぶうっと頬《ほお》を膨《ふく》らませる。

「でも、ゆーくんって変な人に好かれるところあるし……」

「榎本《えのもと》さんもその一人なんだけどなあ……」

とか話しているときだった。

「り～お～ん～♪　大好きなお姉ちゃんだよ～☆」

いきなり背後から、ぐわしっと胸を摑《つか》み上げられる。とっさに振《ふ》り返《かえ》ると、サングラスをかけたお姉ちゃんが満面のスマイルで現れた。

「あれれ～？　もしかして、また大きくなった～？　やっぱり～、恋《こい》をすると乙女《おとめ》は綺麗《きれい》になるって本当だね～♡」

「……………………💢」

トレードマークの白い帽子《ぼうし》ごと、お姉ちゃんの頭をひねり上げた。ギリギリ締《し》め上《あ》げると、お姉ちゃんがジタバタ暴れる。

「……お姉ちゃん。昨日、わたしプロのバックブリーカー観たんだけど、ここで試《ため》してもいい？」

「やぁ～ん！　冗談《じょうだん》だってばあ～っ!!」

お姉ちゃんはしわだらけになった帽子《ぼうし》を叩《はた》きながら、わざとらしくむくれて見せた。

「もぅ～。せっかく姉妹《しまい》の親睦《しんぼく》を深めようと思ったのに～……」

「それならセクハラはやめて」

お姉ちゃんは何かを考えると、意地の悪い笑顔《えがお》を浮《う》かべた。そして戦力差を誇示《こじ》するように、どーんと胸を張る。

「よ～し。それなら平等に、お姉ちゃんのも揉《も》んでいいからね～☆」

「………」

わたしはふうっと息を吐《は》いた。右手を向けて指を動かして見せると、コキコキッと小さな音が鳴る。

「やってもいいけど、その商売道具《おっぱい》が無事だといいね……？」

「じょ、冗談《じょうだん》だってば～!? 凛音《りおん》ったら可愛《かわい》いな～もう～っ！」

お姉ちゃんは慌《あわ》てて両腕《りょううで》で胸を隠《かく》すと、そそそっと離《はな》れた。……まったく。やっと静かになった。

ゆーくんが遠慮《えんりょ》がちに会話に混ざった。

「あの、紅葉《くれは》さん？　それで、俺たちに話って……？」

お姉ちゃんは笑顔《えがお》で「あ、そうだったね～」と言うと、もったいぶった様子でパンッと手を叩《たた》いた。

「じゃあ、約束通りディナーしながら話そうね～♪」

♡♡♡

洋食店、たいめいけん。

その二階のテーブル席で、お姉ちゃんが注文した料理を頂く。ライスの上に乗ったオムレツにフォークを入れると、くす玉を割るようにとろとろのたまごがあふれ出してくる。初めてのお洒落《しゃれ》オムライスに、ゆーくんが感動していた。

「榎本《えのもと》さん。美味《おい》しそうだね」

「うん。すごく綺麗《きれい》」

ゆーくんも楽しそうだし、オムライスもすごく美味《おい》しい。

「このたまご、どうやって作るんだろうね」

「聞いてみたら教えてくれないかな……」

「さすがに企業《きぎょう》秘密だと思うけど」

二人でオムライスについて話していると、対面のお姉ちゃんが赤ワインで火照《ほて》った笑顔《えがお》を向けてくる。

「気に入ってもらえてよかった～。わたしも、ここのお料理好きなんだ～☆」

「お姉ちゃんは黙《だま》ってて」

ゆーくんが「ひえっ」と身をすくめた。思ったより声が冷たかったらしい。

でもお姉ちゃんはどこ吹《ふ》く風という様子だった。さっき開けたワインのボトルを早々に空にして、次を注文する。

「凛音《りおん》ったらヒド～い。お姉ちゃん、ゆ～ちゃんとの旅行で色々と頑張《がんば》ったのにな～」

「それは感謝してるけど、それ以外に余計なことしすぎ」

「えぇ〜。せっかく二人なんだから、同じ部屋に泊《と》まったほうが楽しいでしょ〜？」

「同じ部屋でも、あれはやりすぎじゃん」

ゆーくんが気まずそうにオムライスを口に運んで、ぽわっと顔をほころばせる。昼間のミルフィーユのときも思ったけど、ゆーくんって美味《おい》しいもの食べたときすぐ顔に出るの可愛《かわい》いよね。夏休み終わったら、またうちのケーキ持っていこう。

わたしがゆーくんを見てて気が緩《ゆる》んだ隙《すき》に、お姉ちゃんはクスクス嫌《いや》らしい笑《え》みを浮《う》かべて挑発《ちょうはつ》してくる。

「ダブルベッドがあったくらいで慌《あわ》てて電話かけてきちゃうとか、凛音《りおん》も初心《うぶ》だよね〜♪　ゆ〜ちゃんを無理やり東京に連れてきたくせに、肝心《かんじん》なところはお子様の恋《こい》って感じ〜☆」

「…………💢」

わたしが立ち上がろうとするのを、ゆーくんが慌《あわ》てて抑《おさ》える。

「榎本《えのもと》さん、ここ他のお客さんもいるから！　気軽にアイアンクローかましていい場所じゃないから！」

「……むぅ」

仕方なく座り直した。

もういいや。お姉ちゃんと話してると、こっちまでイラッとするし。どうせ本気で言ってる

わけじゃないんだから。

（この人は、わたしに興味なんてないんだし……）

その間、ゆーくんがお姉ちゃんと話していた。

「紅葉《くれは》さん。それより、俺たちに話って何ですか？」

「むぅ～。せっかく妹の親友たるゆ～ちゃんと親交を深めようと思ったのに、その言い方は傷ついちゃったな～？」

「この人、冗談《じょうだん》なのか本気なのかわかんねえ……」

ゆーくんがげんなりしていた。

お姉ちゃんの言うことをまともに受け取っちゃダメなのに、いつもちゃんと聞こうとするところが優《やさ》しい。「大事な話」だって、どうせロクなことじゃないに決まってる。

あーあ。早く食べ終わって、ホテルに帰りたいな。

せっかくゆーくんとの旅行、これまで100点満点なのに。お姉ちゃんなんかに引《ひ》っ掻《か》き回《まわ》されるのは嫌《いや》だもん。

そうだ。ホテルに帰ったら、昨日できなかったトランプやろう。そして今夜は、あのふかふかのベッドで一緒《いっしょ》に寝《ね》る！　……もちろん変な意味じゃなくて!!

「榎本《えのもと》さん？　なんか顔赤いけど……」

「なんでもない！」

すごいタイミングでゆーくんから声を掛《か》けられて、慌《あわ》てて食事に戻《もど》った。お姉ちゃんがニヤニヤしていたので、コホンと咳《せき》をして言う。

「それで、お姉ちゃんの用件は？　手短にね」

お姉ちゃんは肩《かた》をすくめると、ワイングラスを揺《ゆ》らした。

「ゆ～ちゃんに～、東京のクリエイターを紹介《しょうかい》してあげるって約束してたよね～？」

「………………」

その言葉に、わたしは眉根《まゆね》を寄せる。

「何それ？」

ゆーくんのほうを見ると、真面目《まじめ》な顔で首を傾《かし》げた。

「……何ですか。それ？」

お姉ちゃんがずっこけそうになった。この人がこんなリアクションするのが珍《めずら》しくて、わたしも驚《おどろ》いた。

お姉ちゃんがぷ～っと頬《ほお》を膨《ふく》らませる。

「空港に行くとき、咲良《さくら》ちゃんの車で言ったのに～っ！」

「え、咲姉《さくねえ》さんの車？」

ゆーくんが深く考え込む。

やがて「あっ」と呟《つぶや》いてうなずいた。

「……なんか言われたかも」

お姉ちゃんは満足そうにうなずいた。

「でしょ～？　ということで、ゆ～ちゃんに……」

「待って！」

お姉ちゃんが話を進めるのを、わたしは慌《あわ》てて止めた。

「わたし、そんなの聞いてない」

「そりゃそうだよ～。凛音《りおん》には言ってないからね～☆」

「勝手なことしないで。わたしは、ゆーくんを連れてくるまでしか頼《たの》んでないじゃん」

「それは凛音《りおん》の都合だよね～？　これはわたしの都合だから、気にしなくていいよ～♪　あ、このお店、ハヤシライスも美味《おい》しいんだ～。わたしがゆ～ちゃんと話してる間、そっち食べてなよ～？」

ゆーくんが恐る恐る口を挟《はさ》んだ。

「いや、紅葉《くれは》さん。俺たち、オムライス頂いたばかりなんで……」

「お姉ちゃん。ハヤシライスは食べるけど、それとこれとは話が違《ちが》うから」

「あ、食べるんだ……」

「それと、せっかくだからオムハヤシにして」

「たまご好きか」

ゆーくんが変な顔してるけど、わたしは気にしない。

お姉ちゃんは三本目のワインのボトルを開けながら、ゆーくんに目配《めくば》せする。

「わたしね～、自分が事務所持ったときのために、何人か才能ある子に出資してるんだ～。その中で、予定の空いてる子たちに会わせてあげる～。いい刺激《しげき》になると思うんだ～」

「紅葉《くれは》さんが出資？　それってアクセクリエイターに？」

「それも、かな～。日葵《ひまり》ちゃんに声をかけてるのも、その一環《いっかん》だよ～♪」

ワインに口を付け、ゆーくんに優《やさ》しく微笑《ほほえ》みかけた。

それが何とも嘘《うそ》くさい。……お姉ちゃんは東京に行ってから、よくこんな笑い方をするようになった。決して弱みを見せないっていう、強い意志でガチガチに固めた綺麗《きれい》な笑顔《えがお》。

「もちろんその子たちもゆ～ちゃんと同じように、すでにプロとして活動してるんだ～。どうかな～？　面白《おもしろ》いと思うよね～？」

「そりゃ、願ってもないですけど……」

お姉ちゃんの嘘《うそ》の笑顔《えがお》に気づかないゆーくんが、うっかり乗りかけた。わたしはそれに待ったをかけるために、声を張り上げる。

「お姉ちゃん。何を企《たくら》んでるの？」

お姉ちゃんの表情が少し冷たくなった……ような気がした。

むしろ、それがお姉ちゃんの素っぽくて、わたしは自分の直感が正しいんだと安心した。やっぱり、何かを企《たくら》んでる。

でも、その表情の変化もほんの一瞬《いっしゅん》。

お姉ちゃんは人形めいた笑顔《えがお》に戻《もど》って、わたしに「ん～？」と先を促《うなが》すように首を傾《かし》げて見せる。

「お姉ちゃん。ゆーくんの夢を手助けしてやろうとか、そういうタイプじゃないよね？　この前の一件もしーくんの搦手《からめて》に負けただけで、納得《なっとく》はしてなかったし」

「…………」

お姉ちゃんは、小さなため息をついた。

「凛音《りおん》、ちょっと変わったね～。小さい頃《ころ》はお姉ちゃんの言うこと、何でも素直《すなお》に信じてたのにな～？」

「……当たり前じゃん。もう高校生だよ」

昔のことを引っ張り出されて、ちょっと頬《ほお》が熱くなる。

それを突《つ》かれても困るから、さっさと先を促《うなが》した。お姉ちゃんは胸を持ち上げるように両《りょう》腕《うで》を組むと、堂々と言い放った。

「わたし、日葵《ひまり》ちゃんを手に入れること諦《あきら》めたわけじゃないんだ～☆」

「えっ……」

「なあ……っ!?」

わたしたちは言葉に詰《つ》まった。

そのリアクションに対して、お姉ちゃんは楽しそうにクスクス笑う。

「あれあれ〜？　どうして驚《おどろ》いてるの〜？　だって、わたしが前回の勝負の結果に納得してないってわかってるんだよね〜？」

声を上げたのはゆーくんだった。

「でも、日葵《ひまり》はモデルにはならないって……」

「それは、今の情報だよね〜？　今は、ゆーくんとのラブラブな高校生活が楽しくて、将来のことなんて考えられないんだよね〜？」

「……っ!?」

ゆーくんが押し黙《だま》る。

お姉ちゃんの言いたいことは、わたしにだってわかった。……ほんとにこの人は、相手の嫌《いや》がる部分を突《つ》くのが上手《じょうず》だ。高校生の頃《ころ》は、こんなに嫌《いや》な人じゃなかったのに。

「男女のハッピ〜エンドって、どこを指すんだろうね〜？　想《おも》いが通じ合った瞬間《しゅんかん》？　それとも、初めてキスしたとき？　あるいは初エッチ？　付き合って一年の記念日かな〜？　同棲《どうせい》しよっかって終わる物語もあるよね〜？　結婚《けっこん》はいかにも大事なイベントって感じかも〜？でもでも〜、結局はぜ〜んぶひっくり返る可能性あるんだよね〜？」

そう言って、うふふと魔女《まじょ》みたいに笑った。

「未来のことなんて、誰もわからないんだよ～？　だから何がその人のハッピ～エンドに繋《つな》がっているのか、誰《だれ》もわからないよね～☆」

「俺たちのやり方が、間違《まちが》ってるって言いたいんですか？」

「それはわかんないよ～。わたしはモデルであって、神様じゃないからね～？」

食《く》って掛《か》かろうとするゆーくんを、お姉ちゃんは回りくどい言い方でかわす。そして焦《じ》らすように、ゆっくりとグラスを目線に掲《かか》げた。

「前回の勝負で、ゆ～ちゃんと日葵《ひまり》ちゃんが強い気持ちで繋《つな》がってるのはわかったよ～。だから、わたしはわたしのハッピ～エンドを摑《つか》むために、やり方を変えようと思うんだ～☆」

「やり方……？」

「そ～。二人の恋を壊《こわ》すことができないなら、二人の夢を壊《こわ》してやろうと思っただけ～」

「俺《おれ》たちの夢を壊《こわ》すって……」

どういう意味だろう。ゆーくんのクリエイターとしての活動を妨害《ぼうがい》するってこと？　でも、それはお姉ちゃんらしくない。

この人は、ひーちゃんのお兄さんと同じタイプ。やってることは滅茶苦茶《めちゃくちゃ》に見えるけど、芯《しん》は通っているはず。この前のひーちゃんのスカウトの件だって、この人の言うことは正論だった。だからこそ、勝負なんて分《ぶ》の悪い賭《か》けに頼《たよ》らざるを得なかったんだから。

ゆーくんが緊張《きんちょう》気味に問いただす。

「クリエイターに会わせることが、俺の夢を壊《こわ》すことになるんですか？」

お姉ちゃんは自信満々にうなずいた。

「ゆ〜ちゃんは井《い》の中《なか》の蛙《かわず》だよ〜。大海を知れば、自分がどれだけ小さい存在だったかわかるよね〜。ゆ〜ちゃんが自分から夢を諦めてくれるなら、日葵《ひまり》ちゃんは自由になれる。そういう方向で攻《せ》めてみようと思うんだ〜」

フフンと鼻を鳴らす。

「ゆ〜ちゃん。今こそ外の世界に踏《ふ》み出《だ》して、自分の身《み》の程《ほど》を知ろ〜？」

「いや、言い方……」

ゆーくんが呆《あき》れている。お姉ちゃんが冗談《じょうだん》か本気か測《はか》りかねてる感じだ。

……黙《だま》って聞いてたけど、いい加減《かげん》にわたしも限界。だいたい、お姉ちゃんの言ってることは一方的過ぎ。そんなの、わたしたちにメリットないもん。今回はひーちゃんが人質《ひとじち》に取られてるわけじゃないし、断ればいいよ。

わたしは毅然《きぜん》とした態度で、テーブルを叩《たた》いた。

そして驚《おどろ》いた様子のお姉ちゃんに言い放――。

「お客様？　こちら、ご注文のオムハヤシになります」

「お姉ちゃ……あ、ありがとうございます」

タイミングよくオムハヤシが運ばれてきて、それを慌《あわ》てて受け取った。……ぷるぷる肩《かた》を震《ふる》わせるお姉ちゃんに、コホンと咳《せき》をする。

「そもそも、お姉ちゃんの思惑《おもわく》に乗る必要ないし。ゆーくんは、ゆーくんのやり方で上を目指せばいいよ。わざわざ罠《わな》だってわかってるのに飛び込むのバカじゃん」

「……ふぅ～ん？」

お姉ちゃんの品定めするような視線。

ゆったりと頬《ほお》に手をあてると、楽しげに聞き返してくる。

「じゃあ、ゆ～ちゃんのやり方って？」

「そ、それは、えっと……」

「具体的にないんでしょ～？　だって、昨日の今日だもんね～？」

「そ、そうだよ。これから探していけばいいの」

「わたしの誘《さそ》いに乗れば、それの手掛《てが》かりになるかもしれないのにね～？」

「でも、絶対に罠《わな》だし……」

「虎穴《こけつ》に入《い》らずんば虎子《こじ》を得ずってことわざ、あるよね～？」

「お、お姉ちゃんが言ったんじゃん。何が正解かなんてわからないって……」

「確かに言ったけど～、楽なほうに逃《に》げる言い訳にしろって意味じゃないんだけどな～？」

「言い訳なんかじゃ……」

「そもそも～、これはわたしとゆ～ちゃんのお話だって言ったよね～？　部外者の凛音《りおん》の気持ちよりも、ゆ～ちゃんの意思を優先するべきじゃないかな～？」

「うう……っ」

しまった。

自分が失敗したのに気づく。うっかり乗ってしまった。舌先三寸《したさきさんずん》でお姉ちゃんに勝てないのはわかってたから、これまで力業《ちからわざ》で誤魔化《ごまか》してきたのに……。

お姉ちゃんの笑顔《えがお》に、言い知れない圧がこもる。

「凛音《りおん》～？　本音は～？」

ギクッとなる。

「ほ、本音って意味わかんない。わたしはゆーくんのために言って……」

「嘘《うそ》だよね～？　凛音《りおん》は昔からいい子だから、我儘《わがまま》を言えないだけだって知ってるよ～？」

「う、あ……」

わたしは視線を逸《そ》らした。

ぎゅっとスカートを握《にぎ》りしめる。オムハヤシのスプーンが、わたしの泣きそうな顔を映していた。

そして、わたしは思わず叫《さけ》んでしまった。

「今回の旅行はわたしが頑張《がんば》ったご褒美《ほうび》じゃん！　わたしが予定してないことはダメ‼」

「榎本《えのもと》さん……」

ゆーくんが微妙《びみょう》な顔でわたしを見ている。

うぅ～……。わたしは顔から火が出そうな気分で縮《ちぢ》こまった。だって、これはわたしのための旅行なんだもん。せっかくひーちゃんがいないところで二人きりなのに、お姉ちゃんなんかに邪魔《じゃま》されたくない。

でも、これでゆーくんも断ってくれるはず。だって、ゆーくんはわたしのこと裏切らないもんね？

わたしたちは、お互《たが》いに特別な絆が――。

「紅葉《くれは》さん。その人と会う段取り、よろしくお願いします」

――え？

聞き間違《まちが》い？　わたしが絶句していると、ゆーくんは気まずそうに頬《ほお》をかいた。

「榎本《えのもと》さんのための旅行なのにゴメンって思ってるのは本当なんだ。でも、俺は紅葉《くれは》さんの誘《さそ》いに乗ってみたい。他のクリエイターの活動なんてこれまで考えもしなかったけど、以前の俺《おれ》を越《こ》えるためには必要なことだと思うし」

「で、でも、ゆーくん。旅行……」

「そっちもちゃんと榎本《えのもと》さんに楽しんでもらえるように頑張《がんば》る。だから、ちょっとだけ許してほしい。もし足りなかったら、地元に帰った後で埋《う》め合《あ》わせする。絶対に約束するから」

「あう……」

そんな風に言われたら、ダメって言えなくなる。

ゆーくんの目は、わたしを見ていない。どこか遠くを見ているような気がして……わたしは
これまで経験したことないような胸のざわつきを感じた。

わたしの気持ちに気づかずに、ゆーくんはまっすぐ前を向いているような気がする。まるで
未来のこと、しか見ていないような、それ以外はどうでもいいみたいな。

それがなぜか……ほんのちょっとだけ、わたしには気持ち悪いような気がした。

「やっぱ、アクセのことなら退《ひ》けない。俺は、前回の勝負では何もできなかった。せっかくリベンジのチャンスがきたのに、ここで引き下がっちゃ成長できないままだ」

「…………」

わたしは、ただうなずいた。それしかできなかった。

お姉ちゃんはにこっと微笑《ほほえ》むと、まるで悪魔《あくま》みたいな声色《こわいろ》で言うのだった。

「それじゃあ、きみが人生に負けて、心が折れるのを楽しみにしてるからね～♡」


——Flag 4.〈下〉に続く——

あとがき

あなたは恋人《こいびと》が他の異性と遊びに行くのを許す派？

それとも、絶対に許さない派？


男女の友情を語る上では外《はず》せない難題ですね。

この『だんじょる？』でもたびたび話題に上がることですが、人生は物語のようにいきなりハッピーエンドでは終わりません。意中の相手と相思相愛になれたとしても、その後の時間のほうがずっと長いわけです。つまり悠宇《ゆう》くんが死ぬまで七菜《ななな》は印税を頂戴《ちょうだい》できるという構造を示唆《しさ》するわけですが……あ、そろそろ印税ネタは飽《あ》きましたね。そうですよね……。

とりあえず悠宇《ゆう》くんはさっそく許されざる大罪を犯《おか》すわけですが、そもそも恋人《こいびと》ができたとしても「それまでの人生で関係を築いたすべての異性の友人を捨てたまえ」というのはいささか人権を無視しているとも思えます。しかし、自分の一番であるはずの恋人《こいびと》が嫌《いや》がることを実行することもまた「それってどうなの？」って感じですね。

七菜《ななな》が神様なら読者の皆様《みなさま》に内緒《ないしょ》で答えを教えてあげるんですけど、残念ながら持ち合わせておりませんのでね。あとは皆様《みなさま》で勝手に考えてくださいね。先に言っときますけど、異性の

友人とお泊《とま》りデートして「悠宇《ゆう》くんがやったからセーフ！」って七菜《ななな》に責任なすりつけるのはダメだぞ☆

さて、ひと夏の恋《こい》の魔法《まほう》（笑）で真木島《まきしま》くん以上のチャラ男と化した悠宇《ゆう》くん！　果たして彼を東京で待ち受ける試練とは⁉　そして、この親友デートは愛《いと》しのカノジョ（笑）に隠《かく》し通せるのか⁉　乞《こ》うご期待！

以下、謝辞です。

担当編集K様、イラスト担当のParum先生。制作・販売《はんばい》に携《たずさ》わってくださる皆様《みなさま》。今巻も大変、ご迷惑《めいわく》をおかけいたしました。どんどん作家としてだらしなくなっていく感がございますが、前巻と変わらず素晴《すば》らしい本にして頂きまして誠《まこと》にありがとうございます！

最後に読者の皆様《みなさま》……水着、雲雀《ひばり》さんのブーメランパンツを実装できなかった七菜《ななな》の非力を許してほしい。もっと強い作家になれるように頑張《がんば》るから。これからも応援《おうえん》を……え、七菜《ななな》の応援《おうえん》やめます？　なんでや。

ということで、またお目にかかれる日を願っております。

２０２１年11月　七菜《ななな》なな

おまけ　Turning Point. 〝笑〟

アタシ、犬塚日葵《いぬづかひまり》！
吹奏楽《すいそうがく》部の合宿中のえのっちに代わって、今は洋菓子店《ようがしてん》でアルバイト中！　今日もヨーグルッペ小町《こまち》と呼ばれるアタシの魅力《みりょく》で、美味《おい》しいケーキをたくさん売っちゃうぞー☆
そして愛《いと》しの悠宇《ゆう》が東京から帰ってきたときには、いーっぱい褒《ほ》めてもらうもんね♪

◇◇◇

※イケメン悠宇《ゆう》、登場
『日葵《ひまり》、榎本《えのもと》さんのお店の売り上げ三倍にしちゃったの？　さすがパーフェクトに可愛《かわい》い俺の

カノジョだぜ』

『そんなに褒《ほ》めたら、照れちゃうよ……』

『でも俺だけの日葵《ひまり》の魅力《みりょく》が、他のやつに気づかれるのは寂《さび》しいぜ』

『悠宇《ゆう》……』

※潤《うる》んだ瞳《ひとみ》で見つめ合う二人

そして悠宇《ゆう》は、アタシの顎《あご》を持ち上げて唇《くちびる》を近づけるのだった――。

キャーッ！　キャーもう悠宇《ゆう》ったら、人様の前でダメだってばキャーッ！　アタシは悠宇《ゆう》だけのものだから心配しなくても大丈夫《だいじょうぶ》だってキャーッ!!

……とかテンション上がってたら、えのっちママにたしなめられた。

「日葵《ひまり》ちゃ～ん。戻《もど》ってらっしゃ～い？」

「あ、ゴメンなさーい」

いけない、いけない。

アタシは悠宇《ゆう》のカノジョだけど、今はえのっちのお店の看板娘《かんばんむすめ》。バッチリお仕事こなして、悠宇《ゆう》の将来に役立てるぞー♪（謎《なぞ》のポーズビシッ！）

えのっちママに借りたエプロンを着て、店員さんに大変身。見よ、この最強に可愛《かわい》いアタシという存在に平伏《ひれふ》すがいい！

今日も悠宇《ゆう》に見せるための自撮《じど》りをパシャッ！

……うーん。悠宇《ゆう》がスマホ取り上げられてなきゃ、すぐ感想聞けるんだけどなー。

ま、東京に行ってるんだし、しょうがないよね。そんなお家《うち》の用事を真面目《まじめ》にこなす悠宇《ゆう》も大好きだぞ♪

「わたしたちは厨房《ちゆうぼう》でお菓子《かし》を作るから、日葵《ひまり》ちゃんは今日もお客様の対応をお願いね～？」

「はーい！」

アルバイトも三日目となれば、すっかり板につくってもんですよ。

ということで、レッツ店番！　店内はピカピカで掃除《そうじ》するところないし、カウンターで姿勢正しく立ってお客さんを待つことにする。

ぷフフ。実はアタシ、こういうの得意なんだよ。お祖父《じい》ちゃんの付き合いで、よく偉《えら》い人に挨拶《あいさつ》とかするし。礼儀《れいぎ》作法は身につけて困ることはないからね。

そろそろお客様がくる頃《ころ》だなあって思ってたら、チリンチリンとベルが鳴った。さっそく本日の第一お客様、ご来店！

「いらっしゃいませーっ♪」

常連のオバサマが、明るい顔で声をかけてくれる。

「あら、日葵《ひまり》ちゃん。今日も可愛《かわい》いわね」

「ありがとうございまーす♡」

オバサマは、いつものショートケーキとモンブランを注文した。アタシはケーキ二個入りサイズの箱を準備する。

トングで商品を丁寧《ていねい》に取り出した。商品を準備している間、デキる女であるアタシはお客様を退屈《たいくつ》させないように小粋《こいき》なトークを欠かさないのだ（キラーンッ！）。

「それで、アタシのカレがー、東京に行ってるんですけどー」

「伯父《おじ》さんのお見舞《みま》い？　大変ねえ」

「そうなんですよー。おまけに一週間も帰ってこないんですよー。まあ、せっかく東京まで行くんだし、しょうがないかなあって思うんですけどねー」

「でも、それって不安じゃない？」

「え？　何がです？」

予想外の言葉に、ケーキの箱をラッピングする作業がピタリと止まる。オバサマは悪気ない様子で、あらあらと言葉を続けた。

「だって東京って、可愛《かわい》い女の子たくさんいるんでしょ？　ちょっと羽目《はめ》を外《はず》しちゃうってことも……」

「アハハ。まっさかー♪」

何かと思ったら、そーゆーことね。

警戒《けいかい》して損しちゃった。悠宇《ゆう》に限って、そんなことあるわけないじゃん。そもそも、すごく人見知りなんだからさー。可愛《かわい》い女の子相手じゃ、すぐ黙《だま》り込《こ》んじゃうもん。だからまったく問題なし!!

「………」

え、問題ないよね？

悠宇《ゆう》は人見知りだし、知らない女の子にほいほいついていっちゃうような子じゃ……。

待てよ？

悠宇《ゆう》は人見知りかもしれないけど、アタシのカレシですし？　その格好《かっこう》よさは折り紙付きだよね。だって世界一可愛《かわい》いアタシが選んだカレシですし？

(悠宇《ゆう》は人見知りでも、女の子がぐいぐいきたら？　悠宇《ゆう》って、女の子を邪険《じゃけん》にできるタイプでもないし……)

※暗いラブホテルの一室
※悠宇《ゆう》はなんやかんやあってエッチなお姉さんに押《お》し倒《たお》されている

『あら、イケメンな坊《ぼう》や？　ベッドの上で女の子と遊ぶのは初めて？』

『や、やめてください。俺には日葵《ひまり》という世界一可愛《かわい》くて、気が利《き》いて、聖母のような慈愛《じあい》に満《み》ち溢《あふ》れたカノジョが……』

『うふふ。初心《うぶ》なのね。──でも、その可愛《かわい》いカノジョちゃんのこと本当に好きなの？』

『ど、どういう意味ですか？』

『だってそのカノジョちゃん、世界一可愛《かわい》いのは確かだけど、嫉妬《しっと》深《ぶか》いし、面倒《めんどう》くさいし、すぐお調子に乗るし……一緒《いっしょ》にいて疲《つか》れない？』
※悠《ゆう》宇は目をくわっと開く
『た、確かに！』

『その点、年下の可愛《かわい》い男の子が大好きな東京のお姉さんは、坊《ぼう》やのこと自由にさせてあげるわ。もちろん、クリエイターの夢も応援《おうえん》してあげる♡』

『あれ？　俺ってクリエイターの夢のこと言いましたっけ？』

『妄想《もうそう》だもの。細かいことはいいのよ』

『それはそうですね。……確かによく考えたら、包容力のあるお姉さんのほうがいいかも』

『そうでしょう、そうでしょう』

『俺、東京でお姉さんとクリエイターを目指します！』

『じゃあ、カノジョちゃんのことは？』

『忘れます！　あんな人のこと弄《もてあそ》ぶのだけが生きがいみたいなぷっはー女！』

『ウフフ。それでいいのよ。お姉さんが楽しいハッピーエンドに連れて行ってあげる……♡』
※健全な青少年にはとても見せられない映像

「なんやとコラーッ!!」

ぐっしゃーとケーキを箱ごと握《にぎ》りつぶす！

オバサマが「ひっ」と悲鳴を上げた。それでアタシは我に返って、慌《あわ》ててケーキを後ろの棚《たな》に隠《かく》した。

「あ、アハハ！　アタシのカレに限って、そんなことないですよー♪」

「そ、そう？　それなら、いいんだけど……」

新しいケーキを準備してオバサマを見送った。

ちょうどえのっちママが、厨房《ちゆうぼう》から新しく焼きあがったフルーツタルトを載《の》せたトレーを運んでくる。香《こう》ばしいバターの匂《にお》いが鼻をくすぐった。

そしてえのっちママは、ぐしゃっとなったケーキ箱を見てぎょっとする。

「あらあら〜。どうしたの〜？」

「あ、ゴメンなさい！　買い取ります！」

「うふふ。失敗は必ずあるからいいのよ～」

一緒《いっしょ》にフルーツタルトを陳列《ちんれつ》しながら、えのっちママに聞いてもらう。

「悠宇《ゆう》が東京で美人なお姉さんの毒牙《どくが》にかかってないかって言われちゃって……」

えのっちママは「あらあら」と心配そうにうなずいた。

「それは不安よね～。凛音《りおん》もいきなりお姉ちゃんと東京に行くとか言い出すし、最近の子どもって行動がパワフルだからね～」

「そっかー。えのっちも紅葉《くれは》さんと東京に……」

フルーツタルトを陳列《ちんれつ》していたトングで、ぐしゃーっと握《にぎ》りつぶした。

「え？」

「え？」

しばし見つめ合った後……。

えのっちママが「あ、いっけね☆」って感じでコツンと額《ひたい》を叩《たた》いた。

「うふふ。次は日葵《ひまり》ちゃんも大好きなクリームたっぷりロールケーキ作るわよ～。できたら、みんなでお茶にしましょうね～♪」

「ちょっと待って⁉　えのっちママ、その話くわしく……っ‼」

アタシの波乱のアルバイト、今日も元気に進行中だぞ☆

本書に対するご意見、ご感想をお寄せください。

ファンレターあて先
〒 102-8177　東京都千代田区富士見 2-13-3
電撃文庫編集部
「七菜なな先生」係
「Parum 先生」係

本書は書き下ろしです。

電撃文庫

男女《だんじょ》の友情《ゆうじょう》は成立《せいりつ》する？（いや、しないっ!!）

Flag 4. でも、わたしたち親友《しんゆう》だよね？〈上《じょう》〉

七菜なな《ななな》

2021年12月10日　初版発行
2022年11月15日　4版発行

発行者　山下直久
発行　株式会社KADOKAWA
〒102-8177　東京都千代田区富士見2-13-3
0570-002-301（ナビダイヤル）
装丁者　荻窪裕司（META＋MANIERA）
印刷　株式会社KADOKAWA
製本　株式会社KADOKAWA

ISBN978-4-04-914032-3　C0193　Printed in Japan

電撃文庫　https://dengekibunko.jp/

電撃文庫創刊に際して

文庫は、我が国にとどまらず、世界の書籍の流れのなかで〝小さな巨人〟としての地位を築いてきた。古今東西の名著を、廉価で手に入りやすい形で提供してきたからこそ、人は文庫を自分の師として、また青春の想い出として、語りついできたのである。

その源を、文化的にはドイツのレクラム文庫に求めるにせよ、規模の上でイギリスのペンギンブックスに求めるにせよ、いま文庫は知識人の層の多様化に従って、ますますその意義を大きくしていると言ってよい。

文庫出版の意味するものは、激動の現代のみならず将来にわたって、大きくなることはあっても、小さくなることはないだろう。

「電撃文庫」は、そのように多様化した対象に応え、歴史に耐えうる作品を収録するのはもちろん、新しい世紀を迎えるにあたって、既成の枠をこえる新鮮で強烈なアイ・オープナーたりたい。

その特異さ故に、この存在は、かつて文庫がはじめて出版世界に登場したときと、同じ戸惑いを読書人に与えるかもしれない。

しかし、〈Changing Times,Changing Publishing〉時代は変わって、出版も変わる。時を重ねるなかで、精神の糧として、心の一隅を占めるものとして、次なる文化の担い手の若者たちに確かな評価を得られると信じて、ここに「電撃文庫」を出版する。

1993年6月10日
角川歴彦